LA POUPEE

娃娃

Ismail Kadaré

[阿尔巴尼亚] 伊斯梅尔·卡达莱 / 著

张雯琴　宋学智 / 译

南方出版传媒
花城出版社
中国·广州

图书在版编目（CIP）数据

娃娃 /（阿尔巴）伊斯梅尔·卡达莱著；张雯琴，宋学智译. -- 广州：花城出版社，2019.5
（蓝色东欧 / 高兴主编. 第6辑）
ISBN 978-7-5360-8906-8

Ⅰ. ①娃… Ⅱ. ①伊… ②张… ③宋… Ⅲ. ①中篇小说－阿尔巴尼亚－现代 Ⅳ. ①I541.45

中国版本图书馆CIP数据核字（2019）第097991号

版权合同登记号：图字19－2017－109号
LA POUPEE by Ismail Kadaré
Copyright © 2015, Librairie Arthème Fayard
All rights reserved

出 版 人：肖延兵
丛书策划：朱燕玲　孙虹
出版统筹：李倩倩　夏显夫　欧阳佳子
责任编辑：李倩倩　胡百慧
技术编辑：薛伟民　凌春梅
封面供图：子夏
封面设计：棱角视觉 ANGULAR VISION

书　　名	娃娃 WAWA	
出版发行	花城出版社 （广州市环市东路水荫路11号）	
经　　销	全国新华书店	
印　　刷	恒美印务（广州）有限公司 （广州南沙经济技术开发区环市大道南路334号）	
开　　本	880毫米×1230毫米　32开	
印　　张	4.5　2插页	
字　　数	76,000字	
版　　次	2019年5月第1版　2019年5月第1次印刷	
定　　价	33.00元	

本书中文专有出版权归花城出版社独家所有，非经本社同意不得连载、摘编或复制。
如发现印装质量问题，请直接与印刷厂联系调换。
购书热线：020－37604658　37602954
欢迎登陆花城出版社网站：http://www.fcph.com.cn

娃娃

目　　录
CONTENTS
————————

记忆，阅读，另一种目光（总序）／高兴　／　1
回忆的光晕（中译本前言）／张雯琴　宋学智　／　1

一　／　1
二　／　6
三　／　11
四　／　17
五　／　26
六　／　35
七　／　51
八　／　67
九　／　77
十　／　87
十一　／　95
十二　／　109
十三　／　113

记忆，阅读，另一种目光

(总序)

高兴

昆德拉说过："人的一生注定扎根于前十年中。"我想稍稍修改一下他的说法："人的一生注定扎根于童年和少年中。"童年和少年确定内心的基调，影响一生的基本走向。

不得不承认，二十世纪五六十年代出生的人都有着不同程度的俄罗斯情结和东欧情结。这与我们的成长有关，与我们的童年、少年和青春岁月有关。而那段岁月中，电影，尤其是露天电影又有着怎样重要的影响。那时，少有的几部外国电影便是最最好看的电影，它们大多来自东欧国家，几乎吸引了所有人的目光，是我们童年的节日。在某种意义上，甚至可以说，它们还是我们的艺术启蒙和人生启蒙，构成童年最温馨、最美好和最结实的部分。

还有电影中的台词和暗号。你怎能忘记那些台词和暗号。它们已成为我们青春的经典。最最难忘的是《瓦尔特保卫萨拉热窝》。"'空气在颤抖,仿佛天空在燃烧。''是啊,暴风雨来了。'""看,这座城市,它就是瓦尔特。"简直就是诗歌。是我们接触到的最初的诗歌。那么悲壮有力的诗歌。真正有震撼力的诗歌。诗歌,就这样和英雄主义和浪漫主义,紧紧地连接在了一道。

还有那些柔情的诗歌。裴多菲,爱明内斯库,密茨凯维奇。要知道,在二十世纪七八十年代,读到他们的诗句,绝对会有触电般的感觉。而所有这一切,似乎就浓缩成了几粒种子,在内心深处生根,发芽,成长为东欧情结之树。

然而,时过境迁,我们需要重新打量"东欧"以及"东欧文学"这一概念。严格来说,"东欧"是个政治概念,也是个历史概念。过去,它主要指波兰、捷克斯洛伐克、匈牙利、罗马尼亚、保加利亚、南斯拉夫、阿尔巴尼亚七个国家。因此,在当时,"东欧文学"也就是指上述七个国家的文学。这七个国家,加上原先的东德,都曾经是以苏联为首的华沙条约组织的成员。

一九八九年底,东欧发生剧变。此后,苏联解体,华沙条约组织解散,捷克和斯洛伐克分离,南斯拉夫各共和国相继独立,所有这些都在不断改变着"东欧"这一概念。而实际情况是,波兰、捷克、匈牙利、罗马尼亚等国家甚至都不再愿意被称为东欧国家,它们更愿意被称为中欧或中南欧国家。同样,不少上述国家的作家也竭力抵制和否定这一概念。在他们看来,东欧是个高度政治化、笼统化的概念,对文学定位和评判,不太有利。这是一种微妙的姿态。在这种姿态中,民族自尊心也发挥着不可估量的作用。

但在中国,"东欧"和"东欧文学"这一概念早已深入人心,有广泛的群众和读者基础,有一定的号召力和亲和力。因此,继续使用"东欧"和"东欧文学"这一概念,我觉得无可厚非,有利于研究、译介和推广这些特定国家的文学作品。事实上,欧美一些大学、研究中心也还在继续使用这一概念。只不过，今日，当我们提到这一概念，涉及的就不仅仅是七个国家，而应该包含更多的国家：立陶宛、摩尔多瓦等独联体国家，还有波黑、克罗地亚、斯洛文尼亚、塞尔维亚、黑山等从南斯拉夫联盟独立出来的国家。我们之所以还能把它们作为一个整体来谈论，是因为它们有着太多的共同点：都是欧洲弱小国家，历史上都曾不断遭受侵略、瓜分、吞并和异族统治，都曾把民族复兴当作最高目标，都是到了十九世纪末二十世纪初才相继获得独立，或得到统一，第二次世界大战后都走过一段相同或相似的社会主义道路，一九八九年后又相继走上了资本主义发展道路。之后，又几乎都把加入北约、进入欧盟当作国家政策的重中之重。这二十年来，发展得都不太顺当，作家和文学都陷入不同程度的困境。用饱经风雨、饱经磨难来形容这些国家，十分恰当。

换一个角度，侵略，瓜分，异族统治，动荡，迁徙，这一切同时也意味着方方面面的影响和交融。甚至可以说，影响和交融，是东欧文化和文学的两个关键词。看一看布拉格吧。生长在布拉格的捷克著名小说家伊凡·克里玛，在谈到自己的城市时，有一种掩饰不住的骄傲："这是一个神秘的和令人兴奋的城市，有着数十年甚至几个世纪生活在一起的三种文化优异的和富有刺激性的混合，从而创造了一种激发人们创造的空气，即捷克、德国和犹太文化。"[①]

克里玛又借用被他称作"说德语的布拉格人"乌兹迪尔的笔为我们描绘了一个形象的、感性的、有声有色的布拉格。这是一个具有超民族性的神秘的世界。在这里，你很容易成为一个世界主义者。这里有幽静的小巷、热闹的夜总会、露天舞台、剧院和形形色色的小餐馆、小店铺、小咖啡屋和小酒店。还有无数学生社团和文艺沙龙。自然也有五花八门的妓院和赌场。布拉格是敞开的，是包容的，是休闲的，是艺术的，是世俗的，有时还是颓废的。

---

① 见伊凡·克里玛《布拉格精神》第44页，崔卫平译，作家出版社1998年版。

布拉格也是一个有着无数伤口的城市。战争、暴力、流亡、占领、起义、颠覆、出卖和解放充满了这个城市的历史。饱经磨难和沧桑，却依然存在，且魅力不减，用克里玛的话说，那是因为它非常结实，有罕见的从灾难中重新恢复的能力，有不屈不挠同时又灵活善变的精神。如果要用一个词来形容布拉格的话，克里玛觉得就是：悖谬。悖谬是布拉格的精神。

或许悖谬恰恰是艺术的福音，是艺术的全部深刻所在。要不然从这里怎会走出如此众多的杰出人物：德沃夏克，雅那切克，斯美塔那，哈谢克，卡夫卡，布洛德，里尔克，塞弗尔特，等等。这一大串的名字就足以让我们对这座中欧古城表示敬意。

布拉格如此，萨拉热窝、华沙、布加勒斯特、克拉科夫、布达佩斯等众多东欧城市，均如此。走进这些城市，你都会看到一道道影响和交融的影子。

在影响和交融中，确立并发出自己的声音，十分重要。不少东欧作家为此做出了开拓性和创造性的贡献。我们不妨将哈谢克和贡布罗维奇当作两个案例，稍加分析。

说到捷克作家哈谢克，我们会想起他的代表作《好兵帅克》。以往，谈论这部作品，人们往往仅仅停留于政治性评价。这不够全面，也容易流于庸俗。《好兵帅克》几乎没有什么中心情节，有的只是一堆零碎的琐事，有的只是帅克闹出的一个又一个的乱子，有的只是幽默和讽刺。可以说，幽默和讽刺是哈谢克的基本语调。正是在幽默和讽刺中，战争变成了一个喜剧大舞台，帅克变成了一个喜剧大明星，一个典型的"反英雄"。看得出，哈谢克在写帅克的时候，并没有考虑什么文学的严肃性。很大程度上，他恰恰要打破文学的严肃性和神圣感。他就想让大家哈哈一笑。至于笑过之后的感悟，那就是读者自己的事情了。这种轻松的姿态反而让他彻底放开了。借用帅克这一人物，哈谢克把皇帝、奥匈帝国、密探、将军、走狗等等统统给骂了。他骂得很过瘾，很解气，很痛快。读者，尤其是捷克读者，读得也很过瘾，很解气，很痛快。幽默和讽刺于是又变成了一件有力的武器，特别适用于捷克这一个弱小的民族。哈谢克最大的贡献也正在于此：为捷克民族和捷克文学找到了一种声音，确立了一种传统。

而波兰作家贡布罗维奇与哈谢克不同，恰恰是以反传统而引起世人瞩目的。他坚决主张让文学独立自主。在二十世纪三四十年代，贡布罗维奇的作品在波兰文坛显得格外怪异离谱，他的文字往往夸张扭曲，人物常常是漫画式的，他们随时都受到外界的侵扰和威胁，内心充满了不安和恐惧，像一群长不大的孩子。作家并不依靠完整的故事情节，而是主要通过人物荒诞怪僻的行为，表现社会的混乱、荒谬和丑恶，表现外部世界对人性的影响和摧残，表现人类的无奈和异化以及人际关系的异常和紧张。长篇小说《费尔迪杜凯》就充分体现出了他的艺术个性和创作特色。

捷克的赫拉巴尔、昆德拉、克里玛、霍朗，波兰的米沃什、赫贝特、希姆博尔斯卡，罗马尼亚的埃里亚德、索雷斯库、齐奥朗，匈牙利的凯尔泰斯、艾什特哈兹，塞尔维亚的帕维奇、波帕，阿尔巴尼亚的卡达莱……如此具有独特风格和魅力的当代东欧作家实在是不胜枚举。

某种程度上，东欧曾经高度政治化的现实，以及多灾多难的痛苦经历，恰好为文学和文学家提供了特别的土壤。没有捷克经历，昆德拉不可能成为现在的昆德拉，不可能写出《可笑的爱》《玩笑》《不朽》和《难以承受的存在之轻》这样独特的杰作。没有波兰经历，米沃什也不可能成为我们所熟悉的将道德感同诗意紧密融合的诗歌大师。但另一方面，需要注意的是，由于语言的局限以及话语权的控制，东欧文学也极易被涂上浓郁的意识形态色彩。应该承认，恰恰是意识形态色彩成全了不少作家的声名。昆德拉如此，卡达莱如此，马内阿如此。赫尔塔·米勒亦如此。我们在阅读和研究这些作家时，需要格外地警惕。过分地强调政治性，有可能会忽略他们的艺术性和丰富性。而过分地强调艺术性，又有可能会看不到他们的政治性和复杂性。如何客观地、准确地认识和评价他们，同样需要我们的敏感和平衡。

一个美国作家，一个英国作家，或一个法国作家，在写出一部作品时，就已自然而然地拥有了世界各地广大的读者，因而，不管自觉与否，他，或她，很容易获得一种语言和心理上的优越感和骄傲感。这种感觉东欧作家难以体会。有抱负的东欧作家往往会生出一种紧迫感和危机感。他们要用尽全力将弱势转化为优势。昆德拉就反复强调，身处小国，你"要么做一个可怜的、眼光狭窄的人"，要么成为一个广闻博识的"世界性的人"。别无选择，有时，恰恰是最好的选择。因此，东欧作家大多会自觉地"同其他诗人，其他世界，和其他传统相遇"（萨拉蒙语）。昆德拉、米沃什、齐奥朗、贡布罗维奇、赫贝特、卡达莱、萨拉蒙等等东欧作家都最终成为"世界性的人"。

关注东欧文学，我们会发现，不少作家，基本上，都在出走后，都在定居那些发达国家后，才获得一定的国际声誉。贡布罗维奇、昆德拉、齐奥朗、埃里亚德、扎加耶夫斯基、米沃什、马内阿、史克沃莱茨基等等都属于这样的情形。各种各样的原因，让他们选择了出走。生活和写作环境、意识形态、文学抱负、机缘等，都有。再说，东欧国家都是小国，读者有限，天地有限。

在走和留之间，这基本上是所有东欧作家都会面临的问题。因此，我们谈论东欧文学，实际上，也就是在谈论两部分东欧文学：海外东欧文学和本土东欧文学。它们缺一不可，已成为一种事实。

在我国，东欧文学译介一直处于某种"非正常状态"。正是由于这种"非正常状态"，在很长一段岁月里，东欧文学被染上了太多的艺术之外的色彩。直至今日，东欧文学还依然更多地让人想到那些红色经典。阿尔巴尼亚的反法西斯电影，捷克作家伏契克的《绞刑架下的报告》，保加利亚的革命文学，都是典型的例子。红色经典当然是东欧文学的组成部分，这毫无疑义。我个人阅读某些红色经典作品时，曾深受感动。但需要指出的是，红色经典并不是东欧文学的全部。若认为红色经典就能代表东欧文学,那实在是种误解和误导,是对东欧文学的狭隘理解和片面认识。因此,用艺术目光重新打量、重新梳理东欧文学已成为一种必须。为了更加客观、全面地翻译和介绍东欧文学,突出东欧文学的艺术性,有必要颠覆一下这一概念。蓝色是流经东欧不少国家的多瑙河的颜色,也是大海和天空的颜色,有广阔和博大的意味。"蓝色东欧"正是旨在让读者看到另一种色彩的东欧文学,看到更加广阔和博大的东欧文学。

二〇一三年十月三十一日定稿于北京

主编简介:高兴,诗人、翻译家,一九六三年出生于江苏省吴江市。中国作家协会会员。国务院政府特殊津贴专家。现为中国社会科学院外国文学研究所研究员,《世界文学》主编。曾以作家、翻译家、外交官和访问学者身份游历过欧美数十个国家。出版过《米兰·昆德拉传》《东欧文学大花园》《布拉格,那蓝雨中的石子路》等专著和随笔集;主编过《二十世纪外国短篇小说编年·美国卷》(上、下册)、《伊凡·克里玛作品系列》(5卷)、《水怎样开始演奏》《诗歌中的诗歌》《小说中的小说》(2卷)等大型图书。主要译著有《梵高》《黛西·米勒》《雅克和他的主人》《可笑的爱》《安娜·布兰迪亚娜诗选》《我的初恋》《索雷斯库诗选》《梦幻宫殿》《托马斯·温茨洛瓦诗选》等。

回忆的光晕

(中译本前言)

张雯琴　宋学智

伊斯梅尔·卡达莱于一九三六年出生于阿尔巴尼亚南部山城吉诺卡斯特，是阿尔巴尼亚当代作家、诗人。《娃娃》问世时，作者已年近八十，因此，这部作品的主题和内容，与作者早期的成名作及以往大部分作品，有很大的不同。《亡军的将领》是一部荒诞的史诗，卡达莱未曾经历战争，却能够别具匠心地选取视角切入，为描写战争提供了新的样本；《破碎的四月》讲述的是世代血仇，用时间跨度为一个月的故事，反映了一个民族几百年的困境与悲剧；《梦幻宫殿》里的世界是虚构的，却映射了某种真实的极权统治，艺术地反映了社会现实，为世人敲响警钟。与这些或气势磅礴或高深莫测的前作相比，《娃娃》这部回忆母亲之作显得精致而淳朴。卡达莱仿佛不愿一挥而就，只想回到少时，慢慢品味故乡的人和事。

　　作者在《娃娃》中还原了记忆里的吉诺卡斯特，阿尔巴尼亚南部的一个中世纪古城。因为是山城，所以那儿的街巷总是陡峭崎岖，纵横交错地编织在一起，道路旁满是坚固的房子，时而热闹，时而静谧，卡达莱由衷地觉得，这些都是《娃娃》中特有的风情源头。他的母亲就生活在这样一个硬邦邦的城市里，但她的身形却与之格格不入——"轻得就像一张纸"，于是卡达莱戏称她为"娃娃"。在他眼中，母亲不仅身材瘦弱，就连性格也十分别扭，唯唯诺诺，没有主见，却又难以相处。母亲的婆婆是家喻户晓的精明人，令人畏惧，在这样鲜明的对比下，"娃娃"愈发显得平庸、渺小，像是一去不复返的阿尔巴尼亚的缩影。卡达莱以"娃娃"为中心，用笔编织出一张人际关系网，叙述了自己与"娃娃"、"娃娃"与他人、自己与他人之间的种种往事。这些事是卡达莱对少年时期的纪实，却又散发着作者一贯的神秘气息。例如母亲与父亲的结缘是令人不解的："娃娃"的家族人丁兴旺且生活富足，反观父亲这边的亲人却所剩无几，生活上更是拮据。婆媳关系也是紧绷的，以至于作者的父亲不得不充当起仲裁者的角色，日复一日地为两个女人的冲突做出裁决。卡达莱少年时期便在写作上崭露头角，他反对束缚，寻求解脱、自由，这样一个力争有所作为的少年在故乡成名了，但成名的方式令人啼笑皆非，竟是源于一次乘坐出租车的经历。更令作者意外的是，自己的优秀，不但没让母亲感到骄傲，反而刺激到了母亲，让她产生了无穷无尽的自卑与恐惧，一直陷在自己的执拗之中，无法自拔，以至于儿子成家之后，她也变成了从前婆婆的样子……

　　正是通过这样一件件有悖常理的事情，作者一点一点地向我们讲述了他在故乡的亲情、友情和爱情。这是卡达莱的回忆录，也是他的成长史。虽说这是卡达莱在创作主题上的一大变化，但其风格和手法却承袭以往的特色，依旧是以十分新颖的角度切入并深入，依旧是充满黑色幽默和反讽的描写，这样的卡达莱是熟悉而又陌生的。不论是描写母亲，还是描写青年时期的自己，作者对内容的选取都是既有代表性又有个性风格的。例如刻画母亲时，他能准确地捕捉到母亲的身形特点，用贴切的比喻让这个角色跃然纸上：

像一个碎纸片做的娃娃。
家里的木梯有些年头了，踩在上面总会嘎吱作响。但母亲上楼梯时却从来不会发出声音，因为她的步子，连同她的衣服、声音，甚至是她的呼吸，都很轻。

另外，作者选取了母亲不同人生阶段中具有代表性的事情，以此展现母亲更加脆弱的灵魂，如婚后第一次回娘家、儿子成名后她却担惊受怕起来等等。作者记录下了青年时期对母亲的感受、自己的青涩与不羁。尽管满是对母亲的不理解，可如今诉诸文字时，却不由得给回忆蒙上了一层温柔的光晕。

卡达莱当然是想借《娃娃》来纪念母亲的，也以此探讨自己和母亲之间的关系。他和诗人沃兹涅先斯基有这样的共鸣：母亲像是黑夜，难以捉摸，难以辨认。与此同时，作者在描写各类情感之外，不忘提及故乡纷乱的历史和陈旧的习俗，例如新妇在成婚之初要受到男方家所有女眷的窥视，在年迈后闭不出户等，这些都是对女性要求过于严苛的表现；另外，作者还揭露了作家的艰难境况，他在莫斯科高尔基作家学院求学的过程中，发现那里的学生很难保有纯粹的写作目的，一个个像是"染上了精神分裂症"。这些看似用来衔接回忆的事件，恰恰是卡达莱赋予《娃娃》的更深刻的主题。在手法上，卡达莱运用了大量的对比和比喻，来体现无处不在的荒谬。"娃娃"是脆弱的，但卡达莱却又时常被她莫名的温柔吞噬；父亲在家里的角色是"审判员"，"娃娃"和"奶奶"的关系可想而知，父亲的角色特征也一目了然。此外，作者对自己小有名气后的膨胀心态也毫不避讳，自我刻画，不留余地。

如果说卡达莱通过《石头城纪事》带领我们进入他记忆中的吉诺卡斯特，展示了这个魔幻国度在他眼中的异变，那《娃娃》则是作者转换视角，让童年回归现实的一次尝试。这种尝试仿佛是岁月催生的必然结果，也正因为岁月的间隔，对于母亲、故乡以及年少自我的追忆在卡达莱笔下变得更为清晰、具体，成为巴尔干半岛古老家庭传统与家族文明的一个缩影。读者不再只是旁观者，而且陪同他重新成长了一次，感受到"娃娃"背后所特有的母亲的温情。

二〇一八年十月二十二日于南京

一

一九九三年四月的一天,远在地拉那的弟弟打来电话,说母亲病重,快不行了。

我和妻子海伦娜立即从巴黎出发,乘坐最快的航班回家,希望能见到母亲最后一面。几周前,为了得到更好的照顾,母亲被接到了位于切马尔·斯塔法路上的姨母家。我们到家时,母亲还在,不过已经没了意识,处于昏迷状态。

是我的表弟贝斯尼克·道比去接的母亲。他告诉我,他双手抱着母亲,抱了一路,就这么接回了家。他说这么做是因为路程很短,不过就是从德巴尔区的街道到切马尔·斯塔法街的高处那么远。他还说:"你母亲真是太轻了。"

似乎想凸显解释的合理性,同一句话,表弟重复了好几次:"怎么可能这么轻!我感觉她轻得就像一张纸。"

像一个碎纸片做的娃娃。

我不确定最后这句话是表弟说的,还是从我自己脑袋里突然蹦出来的。但我并不惊讶,这想法似乎早已存在。

我仿佛回到一个熟悉的、经常出现的场景:我的女儿们围着我的母亲玩娃娃。母亲很有耐心,她就静静地待在那儿,一动不动。女儿们一边给奶奶的头发系上各种各样的发带,一边说:"奶奶,您别动哦!"

海伦娜感到有些难为母亲,她想让女儿们停下来,但孩子们并不愿意,说是经过奶奶同意的。母亲倒是不在意,反而很开心。

母亲的确很轻。家里的木梯有些年头了,踩在上面总会嘎吱作响。但母亲上楼梯时却从来不会发出声音,因为她的步子,连同她的衣服、声音,甚至是她的呼吸,都很轻。

小时候,我们在学校里和所住的街区学过一些关于"母亲"的诗,也学过一些描写没有母亲的孩子的诗,"丧母"这类词在后者中经常出现,仿佛要将人的灵魂撕裂开来。我所在的班级应该没有这样的孩子,就算有,他们也都把秘密藏在心里。我的一个同学说,没有母亲是可耻的,而另一个班上的男孩却并不同意,他觉得没有父亲才可耻。我的两位女生朋友,伊尔波利亚和艾拉·拉伯韦迪,对这两种说法都不以为然,因为在她们看来,我们不仅分不清什么是"耻辱",什么是"怜悯",甚至根本不理解这两个词的意义。

　　因此,有关"母亲"的问题并不简单,而且这样的问题还分许多不同的情况。"亲爱的妈妈,我的妈妈,你的身上散发着香气,你是世间最美好的存在,"虽然我们从小就这么唱,但却没什么用,因为总有一些母亲的脸上挂着失望的神情。有些人看到自己的母亲年华逝去,尽管不承认、也并不觉得她们变成了老太婆,却依旧会感到忧伤。不过,比起旁边街区的学校,这都不算什么。在那个学校,有两位母亲都没和孩子的父亲生活在一起。帕诺·伊克斯的情况更惨。一天,他哭着来到学校,因为上学的路上有人说他是"妓女的儿子"。他难过得不行,后来伊尔波利亚和艾拉·拉伯韦迪安慰他,这才平静下来。她俩告诉帕诺·伊克斯,经常用"女"字结尾的词形容别人母亲的人,自己心里肯定也有不可告人的秘密。

　　那之后不久,我觉察到我和母亲之间也存在着问题,虽然已经是很久远的事情了。主要因为她太轻了,在我眼里,她就像一张纸,或一片石膏。其实那些有关"母亲"的诗歌里经常写到类似的意象,比如乳汁、乳房、母性气味和温柔,我一开始不太理解,之后才渐渐明白,只是在我母亲身上并不容易察觉。

　　我们之间的问题不是因为她冷漠,而是因为她对我们的关爱和照顾太过刻意。后来我才明白，是她出现的时间太少了，我们之间似乎有道坎，她怎么也迈不过来。

简单地说，一直以来，比起诗里描写的那些形象，我觉得母亲更像是木炭画或速写画里的人，永远也走不出她的画框。她那惨白的面孔像是一副面具，表情凝固，让人捉摸不透，而且化妆后更甚。吉诺卡斯特有一位家喻户晓的化妆师，叫卡可·皮诺，就住在我家旁边，她经常给年轻的已婚妇女化妆，母亲的化妆术就是她教的。后来去日本旅行，我第一次看歌舞伎表演，看到演员脸上雪白的妆容时，竟有种似曾相识的感觉。这些演员诉说着与母亲相同的秘密，那是玩偶娃娃的神秘，只不过，没有了任何恐惧。母亲的痛苦像动画片的剧情一样不真实，不过我也不明白这其中的原因。这么多年来，我从没见她进出过卫生间，致使我几乎认为，她就是从来没去过。

阿兰·博斯凯曾邀请我和妻子海伦娜，以及安德烈·沃兹涅先斯基①去他巴黎的家中共进晚餐。那天，安德烈对我说，"母亲"是这个世界上最难懂的生物。他写过很多关于"母亲"的诗，于是我借晚餐的机会向他讨教了一番。他写诗喜欢变换词语中字母的顺序，然后

---

① 安德烈·沃兹涅先斯基（1933—2010），俄罗斯诗人。

构成新的词。有一首诗里，他用到了"母亲"一词的俄语"mat"，而且连续重复了三遍，即"matmatmat"，到了第四遍的时候，他把最后一个字母"t"删掉，加在了前面，变成"tma"，而这个移位后的词在俄语里是"黑暗"的意思。

那天晚上，沃兹涅先斯基看起来特别沮丧，我想这也影响了他对自己诗歌的阐释。这是我第一次也是最后一次见到他，因此没有机会进行更深入的了解。他只是告诉我，他的诗探讨的是"母亲"与"黑暗"这两个意群之间的联系，比如母亲的身体内部是黑暗无光的，而她们要将孩子从这黑暗中分娩出来，这是一个无限循环的过程，在这个过程里，母亲和黑暗融为一体，难以辨认。

母亲流泪的原因常常很神秘，但她烦恼的根源却很明晰。她总是不假思索地道出缘由："我快要被这个家给生吞了。"我第一次见到她那种神情时，感到脊背发凉，血液都凝固了，而且每次只要一想起，就忍不住打冷战。

我很快便明白那句话是个固定的表达方式，意思是对家感到厌倦了。在那个年纪，我总是想要弄清楚每句话的意义，以至于我常常不安地胡思乱想，假如我所生活的家突然把我生吞了，那该是个多么恐怖的场景啊。

二

母亲在许多方面都令人捉摸不透,但她对我们这个家的嫌弃却表露无遗。

一个刚满十七岁的花季少女,初为人妇,就来到这样一个空空荡荡的宅子里生活,乍一看,她的这种厌恶也没什么好惊讶的。面对这样一座房子,无论是谁都会情不自禁地埋怨:它得费不少力气来修缮,更何况是我母亲这样一个对于家务事历来就缺少热情的女子,这是我后来从她的姐妹那儿听说的。而且,家里连可以帮忙料理的妯娌也没有,因为我的父亲是独生子,他的父亲也已经不在人世了。

这房子不仅空荡,而且又旧又破。更糟心的是,母亲的婆婆,也就是我的奶奶,是出了名的臭脾气,而且心思贼精。我花了很长时间才明白这种过分精明为什么会让母亲感到不快。

也许最开始婆媳俩之间的不愉快是由于母亲对家务的无视,或者说完全甩手不干引起的。但真正的原因其实没这么简单,而且根本无法避免。

在吉诺卡斯特,一旦两个家族成为亲家,一种新的局面势必立即形成。双方就像是互相对立的两个集团,在彼此之间飞速筑起一道不可逾越的高墙,这种局面在婚礼举行前显得尤为突出。此时,古老家族特有的傲慢、愤怒和狂妄通通迸发出来,被婚姻捆绑在一起的两家人别无选择,只能默默地承受。在漫长的冬夜里,未婚妻们和未婚夫们总能不断听到来自对方家族的闲言碎语,什么"他们就是不相信他们的地位在我们之上!"诸如此类的话。这其实是一种冷战,而结果就是彼此之间,尤其是未婚妻们和未来婆婆们之间的敌意积累得越来越深。

那时,尽管母亲对卡达莱家的房子并没有表现出鄙夷,奶奶也没有显得很不好相处,她们俩之间的冷战却仍不可避免。

随着时间的推移,我才好不容易明白,或者说看破了有关卡达莱家族和道比家族之间所谓的不和传闻。

某些时候,看似容易理解的东西会突然复杂起来,变得难以捉摸。而拨云见日的情况却屡见不鲜,常常让人产生这样的感觉:呀,原来如此,之前怎么就想不明白呢?

难就难在两个家族之间不可能有任何相同的地方。

最初的时候，人们简直无法相信这两个截然不同的家族生活在同一个城市。

爷爷家的房子有多破旧，巴巴佐家的房子就有多讨人喜欢，"巴巴佐"是我外公的绰号。爷爷家的格局一点也不合理，房子虽然很宽敞，却没有深不可测的地窖，也没有地下蓄水池和木质的暗梯，更别说空出来的卧房、地下道和地下走廊了。道比家的房子则显得与众不同，因为他们家房子周围很空旷，附近没有其他住宅，也没有街巷，所以不用和街区统一风格。他们家的房子建在一块视野开阔的地上，旁边有一座城堡傍水而立。这座房子还有一片隐秘而宽阔的空地，人们本以为那是花园，但空地的中间却有一个附属建筑，在阿尔巴尼亚语里我们管这叫"欧大亚斯德"，里面住着一户吉卜赛人，原先是巴巴佐家里的仆人。

两家人非但丝毫没有改变这种不平衡的想法，反而还大张旗鼓地表露。我也是后来才知道，比起两家的房子，两家人的差别更大。首先能想到的差别就是，道比家的族人大多都还在世，而卡达莱家的亲人却走了不少。我不时从家里的犄角旮旯翻出一些老照片，照片里的人我都不认识，而当我跑去问奶奶这些人是谁，照片上的地方是哪里时，她的回答总是令人很沮丧。过了几天，我又拿着另一张照片去问她，得到的答案还是一样：这人已经去世了。

至于其他方面的差别，不仅数量很多，而且五花八门，像是鸟类、吉卜赛人的小提琴、那些曾经属于巴巴佐的田产上的希腊佃户，还有叔叔婶婶们等等。再说了，小提琴的旋律和两个已被封死、禁止入内的房间有什么关联呢？又和那间叫作"阿普萨那"的单人囚室有什么联系呢？不过叔叔婶婶们之间不同，倒是我个人的结论，不仅因为我父亲这边的叔叔婶婶们已经不在了，更因为他们连阿尔巴尼亚语的名字都和母亲那边的舅舅阿姨们大相径庭，这就让两个家族具有共同点变得更加不可能。

（后来，母亲那边有两个舅舅去国外留学，一个在布达佩斯，一个在莫斯科，而父亲这边的叔叔们已经去世，因此上述的区别就成了现实：巴巴佐家会定期收到来自远方的信件和明信片，而我们家，也就是爷爷家，从来都没有收到过这类东西，我对此习以为常，因为有人曾告诉过我，死去的人是不会寄东西的。）

娃娃（我越来越肯定，就算这个词没有完全代替"母亲"，至少也成了她的别名）虽然没有表现得很明显，但她还是意识到真的要面对卡达莱家这样的房子了，要面对那一排排高窗、橱柜、门廊、隐秘的地窖、粉饰过的板墙、著名的单人囚室，还有印着一连串发音古怪的名字的长廊，比如赛·卡达莱、阿维多·卡达莱、萨安·卡达莱，还有人们最熟悉的伊斯梅尔·卡达莱，这是我曾祖父的名字，我很荣幸能继承它。曾有首著名的歌曲唱的就是他，那是一首关于穿衣打扮，更确切地说，是关于他酷爱衣着时尚的歌曲，而不是像人们以为的主题是杀害土耳其人的歌曲。

为了拿下这座石头做的堡垒，娃娃控制了这儿的树木、夜莺、姐妹和过去的仆人们。乍一看，她给人的感觉有点傻头傻脑，还有点脆弱，但其实她也有自己的秘密。娃娃不了解的事有很多，但有一件事她大概是清楚的，那就是"经济状况"这个俗气而恼人的词的深层意义：道比家族十分富有，卡达莱家族则恰恰相反。

对此双方都没有说明，像是默许彼此各自戴上一副面具。在这副虚假的面具下，道比家族掩饰着他们的富有，卡达莱家族则用一种虚无缥缈的强大来遮盖他们的贫穷。

因此从一开始，这个结合就是不可靠的。至于为什么会这样，没人知道。

三

　　我多次尝试还原一九三三年娃娃嫁到卡达莱家族时的情景，却总是未能如愿。一直有什么东西阻碍着我的想象，而这个障碍就出现在我曾经走过的路上。我可以毫不费力地想象送新妇出嫁的队伍离开巴巴佐家，途经城堡脚下的大道，到达平时赶集的市中心，然后顺着瓦罗斯村的斜坡跑下去。可每当队伍路过瓦希尔·拉伯韦迪医生家，一踏上通往卡达莱家族的路时，我脑海中的想象却戛然而止。说起拉伯韦迪这家人，还有件古怪的事情：一九四三年间，他们曾在家里和德国军人们一起吃过一顿晚餐。医生家的女儿是我的同学，她是班上的第一名。紧挨着医生家的是班上另一个同学帕维理·桥的家，虽然他家附近确实有湍急的水流，但其实并没有桥，所以帕维理自己也无法解释这个姓氏的来源。这激流到了几步之遥的菲科家前却完全变了身份，从"来自桥边"的无名水流变成了"菲科流"。

　　菲科家不仅面积大，而且可以说是城里最漂亮的房子。据说，正是因为漂亮，菲科才会选择此处作为官邸，他可是阿尔巴尼亚历史上最负盛名的大臣。在如此怡人的景致面前，也就不难理解他为何愿意用自己的名字命名屋边的水流。顺着菲科家旁的路一直走，便到了卡可·皮诺家，城里所有未婚妻们心中理想的家便是那个样子，不大，却很雅致，到处都是鲜花。卡达莱家族的房子紧挨着卡可·皮诺家，风格截然不同，可谓天壤之别。

充满好奇心的娃娃应该注意到了路上的一切，但对于她来说，比起其他的谜团，这些都显得平淡无奇。有三大未解之谜正等待着她，那就是——丈夫、房子和婆婆，而这最后一点，无疑最让她恐惧。婚礼前，她曾透过自家的窗户见过未婚夫一面，但仅此一次。至于房子，一个远房表兄曾给她看过照片，并跟她说了一些基本的设施情况，例如房子里最神秘的部分是那间单人囚室。城里约五分之四的人家有这种单人囚室，卡达莱家族便是其中之一，对于一些人来说，这是很荒谬的事情，但在另一些人看来，这与法律上已经废除的一项传统习俗有关。换句话说，国有国法，家有家规。简而言之，每个人都是自己家的主人。

婆婆依旧是娃娃心中的未解之谜。她的婆婆为人精明，脾气还不好，尚不清楚她是否会搬出去独居。虽然她还不愿意与世隔绝，但这是迟早的事。

要说这城里最怪诞的习俗，那就是上了年纪的女人们总是自愿过幽居的生活。人们并不了解这种习俗的成因，只知道从前的某一天，一名妇女宣称今后将足不出户，虽然没有人去过问原因以及后来的情况，但习俗却自此形成。

可以肯定的是，这种幽居后来成了一种地位的象征，一种在世俗秩序中提升身份的方法。

我想娃娃应该没怎么思考过婆婆独居到底有没有意义（她可能想过还不如自己别留下，搬出去），倒是她自己从婚礼后的第一天早上开始就不再去接待室那个大房间了。也许是预感到，比起出现在扎堆且冷漠的亲戚面前，婚礼的骚乱和与丈夫共度的第一夜根本不算什么。

女眷们穿着黑色的衣服，神色冰冷，她们整齐地站成一排，有些人把咖啡放在窗台边。娃娃的一举一动，都被看得一清二楚，那些善于刁难的眼睛，可不会放过任何一个细节。

娃娃的言行举止是经过指导的，但在那样高压的情况下，很容易把之前的建议忘得一干二净。这些女人们手中的望远镜让她彻底乱了阵脚。光是冰冷的目光还不够，妇女们来来回回传递着可恶的望远镜，透过窗户狠狠地盯着外面。

在娃娃看来,那些人会突然将望远镜对着她,还一边嘀咕:"哟,新娘就是她呀,来来来,再靠近点看……"

婚后,女方第一次回娘家拜访时,这段奇怪的经历很有可能成为她的谈资。

女方在婚礼举行一个星期后可以回门,人们把这种拜访称为"吃便饭",虽然没人理解这样叫的深意,但这一活动却比日后的任何检查或仪式都重要。

新娘的面庞往往传递出许多信息,有愉快的,有失望的,有麻木的,却很少有幸福的,不过无论是哪种,老到的人一眼就能看出来。"吃便饭"对于新郎来说,也是一场不可避免的考验,一场间谍与反间谍同时进行的活动。即使没有什么戏剧性的事情发生,比如新娘被退回娘家之类的,也并不意味着可以对男方家传出来的其他消息掉以轻心。双方今后彼此相处的态度,亟待解决的财产和遗产问题等等,都取决于这场所谓的"便饭"。这顿饭过后,吉诺卡斯特居民们那圆滑的交际手段,便又悄然运作起来。面对这些棘手的问题和拐弯抹角的虚情假意,经验丰富的中间人总是能找到办法,要么让双方终止旧的协议,要么直接把事情解决,卡达莱家族拖了很久的房屋修缮问题就是个很好的例子。

这一时期的娃娃,就像是历史上的玛塔·哈丽①,很难判断这是否是导致两家不和的原因。

由于娃娃从小缺乏自信,除了妹妹,她从不和家里的其他亲人主动联系。她的两个哥哥心思都在别的地方,他们上了高中,之后成了城里《民主》日报的审阅员。从那时起,他们谈论的都是娃娃根本听不懂的事情,比如新阿尔巴尼亚主义、弗洛伊德理论、布兰科·麦西阿尼理论,还有当时很流行的一种新的囚犯:政治犯。

两个哥哥的各类见解与家庭里的其他成员大相径庭。当娃娃讲起望远镜的事情时,他们嘲讽地笑了笑。在他们看来,女人们这样做只是为了摆架子,因为吉诺卡斯特的古老家族们一直以来都十分狂妄。

对于上了年纪的婆婆们闭门不出,他们也持同样的看法。他们始终觉得,这种病态的习俗只是为了强调自己的重要性。社会地位较高的大哥还想到了另一层面,他在什么地方读到过,涉及什么"死亡的显露",说得我也不太明白,意思就是这类人的一种场面上的表现,或者类似的什么说法吧。

---

① 玛塔·哈丽(1876—1919),"一战"期间著名的双料间谍。

我尝试过很多次在脑海中还原娃娃第一次"吃便饭"的情景。娘家人不会对各自的忧虑遮遮掩掩，一上来便询问娃娃在新家的举止是否得体，有没有做一些不合时宜的事情。姐妹们会提一些天真得不能再天真的问题：例如有没有透过望远镜看看外面？再如，那个有名的婆婆真的像人们说的那么精明吗？至于其他的问题，她们则交头接耳，窃窃私语。

两天的回门一晃就过去了，和来的时候一样，娃娃由街区的吉卜赛人维托陪着，踏上返程的路。

这一次，卡达莱家族的房子没了婚礼的纱饰，对娃娃而言显得更加空荡和怪异了。

不论婆婆的神情如何，沉思也好，微笑也罢，娃娃都会从中读到一丝责备，责备她在自己家做的事情和回答过的问题。

不同于第一个星期，娃娃在回来后的一周里，除了感到与日俱增的孤独之外，还备感不安。

有一次，趁着婆婆没在房间，娃娃拿起一副放在床边的望远镜朝外看。据她后来的说法，她感觉自己从那望远镜里看到了希腊……或许还看到了一些关于她婆婆和朋友们闲谈时说到的话题：英国人，战争，希特勒……

四

像我们家这样的房子,似乎就是为了引起别人的敌意和误解而建的。我第一次产生这样的念头时,才五六岁。有些事情总能瞬间就让我沮丧或害怕,因此我常常在想象中寻找一些可以逃避的办法。比如我会想,先不说食物储藏室、地下蓄水池和那间单人囚室,要是我们家能小一点,只有一层楼,而且没有那些禁止入内的房间,情况就会完全不同。

娃娃和我奶奶之间的关系是如此冷漠,经过多年观察,要还原娃娃婚后头几年的生活,对我来说简直易如反掌。

在相当长一段时间里,两人并没有什么不和的迹象,可还未发生的事情并不代表不会发生。就像冬天来临之前,虽然人们会庆幸天气依旧不错,但没有人会因此相信不用过冬了。

冷漠和鄙夷的表现只会从无到有,积少成多。在娃娃的头阵纷纷败北之后——让我介绍一下她的王牌:花朵、音乐、吉卜赛人等等——没多久她就使出了秘密武器,也是她唯一的希望,那就是她的财富,但即使是这个也很快就被瓦解了。

紧随其后的,不是娃娃的让步,而是一件出人意料的事情。

是一件诉讼。

一件发生在卡达莱家族内部的诉讼。

一件关于不可能解决的事情的诉讼。

这自然是秘密进行的,只有某些亲戚知道,但他们即使知道,也不愿相信。他们把这看作吉诺卡斯特经常上演的把戏,因为卡达莱家确实有一间囚室,这家人能编造出这样的玩笑并不奇怪。既然有一间可供支配的囚室,何不制造一起让它派上用场的案件呢?

还有一些人多多少少是从社会心理学的角度来看待此事的。他们觉得我父亲在司法圈的影响力因此将有所提高。也就是说,法学世家出身,却只是普通公务员的父亲,在当了这么久的联络办事员后,终于实现了他的司法梦。

后来发生的事情证明这一切既不是玩笑也不是错觉。我渐渐明白,早在我出生之前,我们家就一直有这样一件诉讼。更令人震惊的是,在我看来,它非但不可笑,反而越来越意有所指。

这件诉讼的内容、由来,以及法官和被告的身份,困扰了我很长时间。我后来才明白,在这件每隔一段时间就要开审的诉讼中,我的父亲是法官,被告是两名女士,也就是我那严厉的奶奶和她的死对头娃娃,而整个案子也只围绕一件事:卡达莱家族的内部不和,即年轻的媳妇和她婆婆之间的冲突。

一开始我和其他人一样,觉得父亲是昏了头。后来,让我感到奇怪的除了他的疯狂,还有他的优柔寡断。他总是在诉讼的裁决上举棋不定,法官必须在诉讼中判定谁是过错方,可他做不到,他对此犹豫不决。

表面上看这事很简单。但我的父亲却在别人都不会迟疑的事情上摇摆不定。下班回来看到面无表情的妻子和母亲,一般人自然而然会先责备作为晚辈的妻子,更别说父亲的母亲是一位受人尊敬的卡达莱家族长者,她能干机灵的名声和那首关于我曾祖父伊斯梅尔·卡达莱的歌曲一样早已传遍当地。况且她已经很久没出门了(这种习俗可追溯至十八世纪,甚至十七世纪),丈夫萨安·卡达莱法官也已去世,又只有我父亲这一个儿子……

转瞬之间,这一切在他儿子眼里却变得无关紧要,因为他竟然敢冒犯自己,把自己和他那年轻的媳妇放在一起比较,看看谁对谁错。

即使她没有直言不讳地表示自己的儿子疯了,她也肯定会悄悄地跟每两三周来看望她一次的妹妹奈斯柏·卡拉乔兹议论此事,同时会告诉艾格则莫阿姨和一些其他的朋友,甚至还会向已故的亲人抱怨,说不定讲得更加详细。

随着年龄的增长,我愈发理解奶奶的这种痛苦,父亲的迟疑让奶奶震惊,恐怕发生地震,她都不会如此惊讶。高中的时候,我对此依旧百思不得其解,因为什么也没有化解。但在新的阅历的启示下,我感觉曾经发生的那个事情不仅是出乎意料的,它更是那些预示着突变的事件之一。

我能切身体会奶奶经受的冲击,却丝毫捕捉不到娃娃的内心活动。后来,当娃娃和奶奶都已不在人世时,我再回想这场旷日持久的诉讼,才领悟也许是娃娃那孤僻的本性帮了她,使她在混乱不堪的局面中得以自我保全。再后来,我甚至觉得,其实早在当年,早在我知道沃兹涅先斯基在诗歌中将母亲和黑暗的意象混用之前,我就感受到了娃娃所能引起的恐慌,那毕竟是一个冷漠、神秘、脸色惨白得像日本歌舞伎的娃娃。

这并不妨碍我以更具体的方式去查明当年的事态。众所周知,世界上有一种东西可以解释一切本不可解释的现象,那就是爱,而我也迟早会想到这一点。

倘若由一个外人告诉我这是真正的原因，我一定不会相信，因为我对父母的私生活一无所知，我也根本无法想象他们订婚之前的那些风流韵事。但直到有一天，娃娃亲口告诉了我一些事，我才真正相信，而那是她第一次跟我吐露心声。

娃娃的表姐伊兹米妮·科克波柏脸色红润，是一个追求时尚的人，她经常戏弄娃娃，要是知道娃娃把那天讲给我听的故事称作爱情的话，她一定会捧腹大笑。可是这一次，她错了。

那是订婚前的某一天，道比家姐妹三人受邀去参加一场婚礼，而即将成为娃娃未婚夫的人恰好也在宾客之列。于是三姐妹便靠在窗户边，不住地用目光寻找这个人。不一会，其中一个人喊道："找到了，就是那个戴着黑色博尔萨利诺①帽子的人！"听到这句话，娃娃瞬间觉得心头一紧。别人曾告诉她未婚夫是一个高大英俊的男子，而喜欢戴博尔萨利诺帽的人往往又矮又胖。她难过得差点哭出来，这时候妹妹突然大声叫道："弄错了，笨蛋，不是他！是那个，右边那个人！"

娃娃告诉我，当时她强装镇静，而那天晚上却兴奋得一整夜没睡着。

──────────

① 意大利著名的帽子品牌。

她跟我讲述这件事情的时候我还在读高中。一次，家里人正一起吃晚餐，我对她说："妈妈，说说你在窗边看见爸爸后就迷上了他的故事吧。"

娃娃的脸噌的一下就红了，她小声嘀咕着："为什么呢？这就是爱情吗？"

"当然是啊！"姐姐和我异口同声，"还是一见钟情呢！"我接着又说了一句。这就和课堂上老师讲但丁第一次遇到贝雅特丽齐时的场景一样。

父亲无动于衷地听着，仿佛我们在谈论的是另一个人。

这是一家人第一次也是最后一次提起类似的话题。我依旧不知道，也没有再去想他们的关系到底怎么样。

母亲在去世前不久的一天对我说，她死后想和"他"合葬在一起，讲这话的时候还破音了。"别笑我，伊斯梅尔！"她解释道，"我是怕下去了以后一个人太寂寞。"

我答应她一切都会遵循她的意愿。

阿尔巴尼亚的相关规定每年都有变化，日后每当我要负责这些事宜的时候，我都会不由自主地思索：是否能把"目光无法从一个男人身上抽离"和"与一个人共同生活了大半辈子后还想和他葬在一起"看作爱情故事呢，即使是最简单的那种？

在知道那首有关母亲和黑夜的俄语诗之后，我越来越相信这的的确确是一个有始有终的爱情故事。

这是我自己的理解。然而一想到我们家那著名的诉讼，我又发现，即便我相信的是真的，即便"窗边一瞥"和"死后合葬"真的是爱情故事的情节，即便它能解释一切，也无法解释我父亲的神秘行为。（"如今啊，刚结婚的年轻女子对此十分在行，她们在惺惺作态和甜言蜜语方面很是拿手，要让一个男人掉头追你简直易如反掌……"说完这些话后，女宾们盯着我奶奶看，而一向冷面又难以捉摸的奶奶则装出一副什么都不明白的样子。）对我来说，惺惺作态不仅煽不起我的好奇心，而且还让我感到恐惧心寒，因为它好像成为娃娃那阴暗的面部表情的一部分了。

总而言之，父亲出人意料的行为并不是浪漫爱情的果实，更不是受到女性挑逗的结果，众所周知，如果说这世上有什么东西的影响力是瞬时的，那非后者莫属。而我们家的诉讼却经久不衰，与此有关的流言也从未间断。

在年复一年的诉讼中，有时是娃娃胜诉，有时是奶奶。若是娃娃脸上挂着两行干了的泪痕，说明这次她输了；若是她走起路来体态轻盈，则表示她赢了。每当后一种情况发生时，奶奶总是满腹抱怨地回到房间，一连好几天不下楼,咖啡和餐食都是叫人给送上去的。在这段遭遇危机的时期里,奶奶的妹妹奈斯柏和一些朋友到访的频率会增加,不过也都是悄无声息地来去。至于每次赌气要持续多久,下次发生又是什么时候,究竟谁对谁错,从来没人知道。

突然有一天,困扰我多年的疑惑意外地被解开了。

我已记不清具体是怎样触碰到娃娃的脾性的,但多半是因为书,我总是因为她弄乱我的书而大发雷霆。这天,我正在气头上,她就静静地听我指责,一副犯了错的样子。我责怪她怎么连"不要乱动我的书"这么简单的道理都不懂,而她只是不知所措地看着我,一提到书的事情她就会这样。我重复了大概两三遍:"到底是为什么……怎么就……"然后她回了一句:"可是已经被我弄成这样了。"

她的语调和平时有一丝不同,似乎在质问我。我感觉自己情绪稍微平复了一些,但手并没有停下,还在给书重新分类,我没看她,问道:"那你是怎么弄的?"

她没有说话,我又问了一遍,她才小声地说:"就是这样弄的,我知道我不是很聪明……"

我回呛道:"这回你又知道了?是谁让你这么想的?伊兹米妮吗?"

我说这些话的时候依然没看着她,生怕不小心看见她眼里的泪水。

她没有回答，也许是因为哽咽说不了话，我也就没再不依不饶了。

刹那间，毫无防备地，我感觉被某种温柔吞噬了。那时候我十五岁，我从来没想过她会如此讨厌。但同时，又有一大束耀眼的光芒照亮了我的思路，这是我意料之外的，虽然我立刻意识到并拒绝。这与她身上那种说不清道不明的天真有关，她似乎永远处在青春期，有很多事情她都不懂，或者说她理解有误。也许正因为这样，奶奶才显得那么聪明能干，这也正成了她备受折磨的根源。不仅如此，这还有可能是两人产生争吵的根本原因，也是促使我父亲做出古怪行为的关键因素。大概和娃娃刚结婚没几天，父亲就感受到了我所体会的这种温柔。所以，让他打破有着三百年历史的卡达莱家族的习俗，在家里审理诉讼的原因，既不是同事的建议，也不是从《民主日报》上得来的灵感——和大部分法官、律师一样，他总是在衣兜里揣一份报纸——而恰恰是这种独一无二的、灼热的温柔对他的侵蚀。

审理诉讼就是要在妻子和母亲之间建立一条准则——究竟由谁来判定对错：是母亲？是妻子？是两人一起，还是统统都不是？

根据法律要求，娃娃受到了丈夫无处不在、每时每刻的保护。一直到她去世，依然如此……

五

我看得出来，家族里的所有成员都和这栋房子保持着极其私人的关系。其中最自然也最明显的当属奶奶，很长一段时间以来，她都给人一种已经和房子的拱顶、横梁还有承重墙融为一体的印象。她决定幽居不过是再凸显一下这种印象而已，因为融合虽然缓慢，却也无可避免。

父亲与房子的关系虽然也很紧密，但有着本质的不同。父亲的动力来自他存在的激情，而如今，修缮房屋就是他最大的热情所在，任何其他忧虑在他眼中都是次要的。他对此事的狂热已经到了家喻户晓的地步，以至于有一次上历史课，老师讲到罗马帝国皇帝马可·奥勒留的工程时，坐我旁边的艾拉·拉伯韦迪悄悄对我说："你爸爸呀，就和这个人一样！"

然而，随着时间的流逝，我开始认为这不单是什么修缮的事而涉及其他了，很有可能与权力也有关系。如果从这个角度来看，父亲在重建房子的时候，其实是在重建自己内心的房子。

不出意外地，娃娃和房子的关系只停留在表面。宽敞但空荡的房间散发出的尴尬从未消失，这种尴尬甚至因为无趣而加倍，更别说娃娃对于房屋维修工程的厌恶了。不久前，她那句"这房子要把你生吞了"引起了我的好奇，因为我无法确定哪一种痛苦更难以忍受，是日复一日慢慢地被吸收同化，还是在某一瞬间突然被贫穷包围，被这种比任何其他事物都具体和戏剧化的感觉所淹没。

父亲对于修缮工程的狂热是导致我们家经济衰败的主要原因。我的舅舅们常常借此开父亲的玩笑，他们时不时地问我："那个伟大的建筑师，他又准备给我们瞎讲些什么？他是要在他的城堡里建一座凯旋门给我们看吗？"

我并不知道怎么回答。奶奶向我解释说，既然爸爸为了修理房子忧心忡忡，那我们也不能轻易放弃。

在所有人与这座房子的个人公约中，我自己与它之间的关系是最难定义的，没有什么词语能描述这种联系，要么是我不知道，要么是这样的词还没被创造出来。

没有什么比想到拉伯韦迪医生的家更美妙的事情了，我们全班曾去过那里给艾拉庆祝生日。所有人都觉得那栋房子内部富丽堂皇，给人的感觉十分友好，唯一一件大家避而不谈但心照不宣的事情，就是这家人曾和德国人共进过一顿晚餐。而轮到来我家给我过生日时，没有一个同学会发出相似的惊叹，大家心里隐藏的想法也不容易被猜到。我记得基索·雷科所当时小声问我那个"囚室"在哪，于是我转了转脑袋给他示意方向，当他接着问我父亲是否把我关在里面过的时候，我的脸噌的一下就红了，心里既失落又气恼。

如果有人问我觉得自己家的房子怎么样，我并不知道如何回答，因为我有种无法对其产生依赖的感觉，在我眼里，整个房子都显得很不真实。这种感觉并不是虚构的，而恰恰和一些具体的地方有关。比如楼上，在人们称之为"冬屋"的有壁炉的房间旁，有两间房自一九三六年开始最近一次整修后，一直没有完工。长久以来，我都明白，每次修缮后，房子里要么多出一两个房间，要么恰恰相反，两个房间毫无预兆地就被吞并了。有些房间只有临时入口，这些入口处还牢牢钉着交叉的木板，防止有人随便出入，但这样的房间往往最让我着迷。透过木板的间隙，能看见屋子的横梁，朦胧的光线透过敞开的窗户洒进来，尤其在傍晚，整个房间就像淹没在光海里。

这些其实算不上真正的房间，只能说是"快"完工,或"还未"完工的无名雏形,和构成这座房子的其他房间,比如夏屋、冬屋、小房间、大子厅、小子厅,截然不同。

经过漫长的期待,我急不可耐地想看到这些房间完工的样子,直到有一天,我突然明白,我不可能等到了,因为父亲此生唯一的愿望就是,开始下一次翻修。

奶奶是一九五三年去世的,父亲是一九七五年,至于娃娃,则是一九九九年。整栋房子,也就永远地停留在了那一年。战时,被德军占领的吉诺卡斯特遭到了英军的轰炸,那时我经常听到哪儿哪儿会被空袭的言论。人们这样讲述着:一栋屹立了三百多年不倒的老房子,看似坚忍不拔,但待到重型轰炸机扔下两枚导弹,就会彻底坍塌,灰飞烟灭。

那个时期后的很长一段时间里,我总觉得英军的轰炸机仍旧在天上的某处盘旋,执拗地搜寻着它的目标……

回到娃娃的故事中,我想起我曾在预燃室对面的墙上刻过很短的一行字,我向来喜欢在那面墙上乱涂乱画,有时写半句诗,有时刻上我想记住的某个高一B班女生的名字。

那行字是:"如果伊兹米妮·科克波柏不在了……"虽然没有刻完,但我知道接下来我想说的是什么:"如果伊兹米妮·科克波柏不在了，娃娃的生活肯定会更好。"

这句话有些厚颜无耻，可能这正是我没把它写完的原因。更确切地说，比起厚颜无耻，应该更是荒诞可笑。

娃娃的表姐伊兹米妮·科克波柏是从意大利回来的，她和城里的许多女孩一样，在一九三九年中断了自己的学业，以此抗议被意大利占领。后来，因为同样的理由，她离开政府机构办公室，参加了游击队。她因为公事来到吉诺卡斯特时，没有选择阴冷潮湿的旅馆，而是住在我们家，如此这般的也就她一人了。于是，首都的新闻和着她那独特的大笑与蓬松浓密的红头发，一同来到我家。

每个人都因为她的到来感到喜悦，除了娃娃。按常理来说应该正好相反，但横亘在两人之间的冷漠却日益加深，娃娃对这其中的缘由极力掩饰，闭口不谈。

两人关系不好很有可能是因为伊兹米妮喜欢戏弄娃娃。戏弄也就罢了，若感到娃娃生气了，她不仅不停手，反而更加来劲。我们都相信她并没有恶意。事情的起因单纯而简单，是关于一种香水。在吉诺卡斯特，人们也选用各种各样的香水。娃娃心里肯定记得薰衣草香水的故事。

后来，人们称这件事为"德国人的香水"，我清楚地记得事发那天的情况。三名德国士兵来家里搜查是否藏有武器。他们翻来覆去地搜，重点搜了奶奶和娃娃的箱子，娃娃的箱子里装着她的嫁妆。

三名士兵刚走，娃娃就抽噎着哭了起来。原来是有人偷走了她的香水。这瓶香水是订婚那天她父亲从萨洛尼卡带回来的，是所有香水里最贵，也是她最喜欢的。

很多人都记得这件事，但伊兹米妮·科克波柏是第一个拿这件事开玩笑的人。她说在娃娃眼里看来，整个第二次世界大战就可以归结为她的香水被盗。

尽管娃娃在论战中常常不够机灵，但这次她还是进行了反驳，说伊兹米妮一天到晚从不谈论别的，只认为自己和那瓶香水一样，散发出来的一切都比别的东西好。

对此，姐姐和我的看法一样：这场荒谬的战争很有可能从之前的某一次晚餐就开始了，而那次晚餐中，同样的话却换了不同的主人。

的确，虽然娃娃反驳时的态度谨慎而不可捉摸，但她的傲慢和自负也在不经意间显露了出来。她的这种态度在我们一起去巴巴佐家时尤为明显。在我们这儿，有一项连新政体也没能废除的习俗，那就是已婚妇女回娘家时，一定得有一名吉卜赛女人作陪。这名吉卜赛女人负责拿背包，如果有小孩同行，她还要负责照看，而回娘家的妇女什么都不用拿，只要打着自己的小阳伞就行了。

泽拉和维托就是这样两名吉卜赛女人，她们是一对母女，住在离我们家不远的地方，要找她们陪同的话，需要提前告知。

走在回巴巴佐家的路上，娃娃的表情总是很僵硬，极其不自然。舅舅们偶尔会站在门口，看到她来了，他们便做作而又讥讽地问候道："欢迎光临，卡达莱夫人！"

一直以来，人们都认为，娃娃染上了"自以为是"这种病毒后，又在我十一岁那年传染给了我。

那是一九四七年的时候。《青年诗人》杂志会把读者的反馈评论刊印在封面背后，人们不仅嘲笑有关我的评论，而且为了凸显我的可笑，被我自己写错的名字也被直接印了出来：伊斯梅尔·H.卡达莱。

更不幸的是，我的两位舅舅也看到了这可恶的评论，他们沆瀣一气地对我说，既然我已经决定将卡达莱家族的傲慢发扬光大（就像列夫·尼古拉耶维奇·托尔斯泰那样，我也加了个中间名变成伊斯梅尔·艾洛·卡达莱），那从现在开始，我应该在姓氏里加上贵族姓氏才有的标志"德"，就像奥诺雷·德·巴尔扎克那样，变成伊斯梅尔·德·卡达莱。（他们还顺便强调了一下，"伊斯梅尔"很不适合做作家的名字，但卡达莱作为姓氏倒是代表了某一阶层。）

两年后，我又卷入了一起事件，使得我的名声更臭了。我和一个同学被关进监狱，有些人一开始以为是我家的那个"囚室"，但不是，这次是真正的监狱，是国家关押犯人的地方。我一直不停地重复讲述这件事，关于"五列克假币"的故事。我们是在体育课间被抓走的，然后戴着手铐过了一夜。由于年纪太小，没有适用的法律能对我们的案子做出审判，但根据规定，我们还是可以象征性地提起诉讼。开庭时，我们的律师伊尔米·达克利站在我们前面，法官念着宣判词："代表人民……"父亲也笔直地站着，在他担任联络办事员的职业生涯里，他已经这样站过成百上千次了，他一定感觉像是做了一场噩梦。这是我第二次冒犯他：不久前，为了和他较劲，我收钱写了些稿子。从那以后，我就常常徘徊在进监狱的边缘。真进了监狱，我只能像他那样叫喊："究竟什么时候才可以把这房子里的活干完？"

又过了两年，我的第一部小说得以出版，当我的舅舅们拿到印前书帖①时，他们说已经确信我和那些伟人

---

① 指正式印刷前看的样帖。

们一样疯狂了。而我告诉他们，书的四分之三都是那些典型的宣传标语，比如"本世纪最毒辣的小说""火速前往古腾堡书店，只需三个拿破仑金币就能买到I.H.卡达莱大师的身后巨作"之类的。至于小说本身的内容，只在最后那几页才出现，甚至可能更少。我受够了广告，立马就弃笔不写了。

而后，当我第一本诗集付梓出版时，出版社发来电报，邀我前去配合他们向当地人进行宣传，紧接着，父亲更是出乎意料地让我乘出租车前往。所以，经常有人满脸惊讶地问我："你真的坐出租车一直坐到地拉那吗？"对此，一些人不相信，另一些人则认为乘出租车旅行是作家的名誉和所谓的出版事业中不可缺少的一部分。

六

在两段动荡不安的时期之间,家里的屋子似乎陷入了更加烦乱的境地。冬天,大风呼啸着从屋顶架子的缝隙中穿过,在沉默而充满辛酸的氛围中游走一番后,又钻了出去。奶奶因腿脚不便已不再下楼了,要知道她到底有没有生气也就变得难上加难。

巴巴佐那边也没什么令人激动的新消息,除了我的大舅舅,切马尔·道比,从布达佩斯寄回过一封信件。他在信里说由于自己和匈牙利总理伊什特万·道比的姓氏一样,那儿的人们总问他是不是总理家族的一员。

至于我,则为着两部小说在奋笔疾书。不过驱动我的并不是真实的写作需求,而是我想试试用我的新名字斯梅尔来署名,这是我另一个舅舅建议的。只是这一次,还没写完我就放弃了,写的东西加起来还不到宣传语的一半。

一九五三年,奶奶去世,随着她永远地离去,我们家所谓的"司法时代"也画上了句号。

由于她走得突然，家里所有人，尤其是娃娃，都感到无比空虚。在那之后，我比任何时候都更好奇奶奶和娃娃之间的不和，为此我绞尽脑汁，但结果依旧，在谁对谁错的问题上，我不得而知。这么多年过去了，如今我非但没能知道个中缘由，反而觉得我根本没有权利去探究。有时候，误解牵扯的方面太多了，以至于任何真相都有可能受到惊吓。

大概是我第一本诗集出版时，更确切地说，在我乘出租车前往出版社的那段时间里，娃娃特地用行业内的惯用语问我是否已经*变成名人*[①]，在这个问题之后，她又准备问我另一个问题。我花了好一段时间才明白，这个问题针对的是我这一类男孩。娃娃问，当这类男孩变成我这样，也就是成名后，他们会带着自己的母亲去他们要去的地方吗？我一直不明白，究竟要把母亲带去哪儿呢？难道坐出租车去出版社吗？

看到我没能理解她的问题，她便什么都不再说，生起气来。

几天后，她又提起这个话题。

"你能重视一下我说的话吗？"她对我说，"我想和你进行一下*会谈*。"

---

① 此处原文即为斜体，强调娃娃的用词和语气，后文常出现。

她用这样别扭的语言讲话已经好一阵子了,用词就像某些杂志或"广播戏剧节目"的标题。

"什么会谈?"我说。(双方之间的正式会谈吗?)

"别笑,"她说,"这是很严肃的事情。"

尽管她看上去为会谈准备了很长时间,但没说多久她的思绪就变得混乱起来。最后我终于明白了她向我表达的重点。原来她曾听说,男孩子们一旦变得有名,就会把自己的母亲换掉!

听到这样的话,我忍不住大笑起来。

"怎么会有这样的说法?你倒是和我说说!"我坚持道,"难道他们是觉得母亲不合适了所以要换掉吗?"

"别笑了,斯梅尔!"

"那么,他们会选别人做自己的母亲吗?比如选一位女戏剧歌唱家,还是选一名法兰西学院院士?这些蠢话是谁告诉你的?伊兹米妮·科克波柏吗?"

娃娃垂下了眼。

我笑得停不下来,因为我觉得这样反而对她好,能让她稍微放松一点。过了一会儿,她自己也开始笑了。

"不过,妈妈,你怎么会相信这些无稽之谈呢?你不会这么傻乎乎的吧?"

她也很疑惑,一边笑着,一边不愿意承认是那位表姐对她吹的耳边风。

不过事实很明显，后来伊兹米妮·科克波柏来我们家短住时，娃娃对自己的愤怒毫不掩饰。而伊兹米妮也一如既往地朝枪口上撞，变本加厉地戏弄她。"你怎么怨起我来了？你肯定又把什么事情赖在我头上了。"她不停地对娃娃重复这些话。

对于类似的嘲笑，父亲一般不是很适应，但娃娃表姐说的这些话似乎并没让他感到不适。显然，这会让娃娃生气。"为什么我会怪你？"娃娃突然冲她说，言语间满是失望，"不要以为你在意大利上学，我就不知道你的事情了！我可清楚得很！"

娃娃话音刚落，伊兹米妮就爆发出雷鸣般的笑声，声音大得根本听不见她在说什么，也听不见娃娃的回答。两人讲着讲着突然停了下来，伊兹米妮说："什么事？"娃娃没有回答，而是在沉默中用原话回应她："你说什么事？"

娃娃的固执一成不变，她始终不肯说话。

伊兹米妮·科克波柏的表情似乎有些变化。"你是说恩维尔那件事，"她说，"你能说明白些吗？"

这种情况下，父亲通常不会加入对话，但这次，他却发言了。我想可能是突如其来的严肃的诉讼氛围吸引了他。"我看也是,"他说,"你确实是在说恩维尔·霍查"①。

娃娃肯定大声说了些难听的话,因为伊兹米妮·科克波柏整个人都愣住了。之后娃娃又陷入缄默,直到父亲重复道:"你到底想说什么?你倒是说呀,解释给我们听听!"

很久以后,只要一想到这场以娃娃公然示威作为结束的恐怖风暴,我的脑海里浮现的准是这个场面。

娃娃的解释令大家吃惊不已:"我想说的是,如果她真让恩维尔·霍查相信了她那么优秀,他就不会把她轰出门了。还不是因为……"

"因为什么?"父亲不耐烦地说道,"快说!"

娃娃稍微顿了顿,接着说道:

"因为她根本没来得及和他谈。"

伊兹米妮·科克波柏的脸瞬间变得苍白。

"你知不知道你在说什么!"父亲冲娃娃嚷道,"你从哪听来的这些风言风语?"

我以为伊兹米妮·科克波柏会向娃娃说同样的话,可是她没有,她什么都没说。

奶奶已经不在了,没人能在这个时候转移话题(我

---

① 恩维尔·霍查(1908—1985),阿尔巴尼亚前领导人。

发现"第三者的风湿病"特别适合这个场合)。虽然已经没人发言,但很明显大家都在回味娃娃刚刚所说的话。

我思考不出什么,对于我来说,一切都是那么反常,我不明白怎么会什么都还没谈就被赶出来,绝望地站在门口。看到伊兹米妮·科克波柏为此焦虑不已,我十分惊讶。

娃娃从来没告诉过我她是从何处得来的消息,但我相信,她的表姐与恩维尔·霍查之间在地拉那确实实发生过什么事情。伊兹米妮·科克波柏是在吉诺卡斯特的青年公社认识这位未来的领导人的,占领时期,他们在首都的地下组织也能碰面,因此霍查有时会邀请伊兹米妮去家里吃午饭。直到某一天,一句冒失的话不但使伊兹米妮再也不能去霍查家做客,甚至还断送了她的职业生涯。那是一次断断续续的对话,对话中提到了政党,更确切地说是提到了"政党对于一些问题的看法",伊兹米妮用她一贯的玩笑口吻冲霍查说:"政党还真会找托,为什么你不直接说这是你的看法呢?"

霍查的脸一下子沉了下来,他语气严肃地反驳了她,并表示,她,伊兹米妮·科克波柏同志,明显深受错误思想影响,不能正确理解政党的角色。这足以让国家领导人的家门在她面前永远地关上。

一九五三年一开始似乎有些奇特，后又变得十分平常。在斯大林去世后到奶奶去世前的这段时间里，人们难以确定那些日常之事是否会在回忆里占得一席之地。若要说哪件事情引起的骚动最大，那必然是药店里纷纷卖起了避孕套。举措一出，一石激起千层浪，各种声音不断冒出来，有人认为应该明令禁止，有人觉得这是他们的正当权利，甚至有人猜测这和斯大林逝世有关系，是对阶级斗争逐渐缓和的一次刺探。

没过多久，人们便得知这其实是苏联人为了保护女性权利而采取的行动（罗莎·卢森堡①，等等），但党委会对此依旧犹豫不决，他们无法决定是否应该建议共产党人避免去药店，好把这些人工橡胶做的东西留给资产阶级，让他们去堕落。在这之后，一切又恢复了原来的秩序。

至于我们家，空虚的气氛依旧持续着。等待诗集出版的空当里，我又投入了散文的创作。这一次，我不再想像以前那样事先写出十几页的宣传语来标榜自己或自己的作品。因此当看到书帖的第一页上只印着我之前写

---

① 罗莎·卢森堡（1871—1919），德国马克思主义思想家、理论家、革命家。

的"在异乡，一九五三年十月"的时候，我竟然有些诧异，既没有"疯狂的、但丁式的作品"这样的标语，也没有呼吁大家去书店购买，更没有像君主政体时那样标明价格。

然而，对于诗集的出版前景，我越来越感到不太真实。毕竟，人们提起它，谈论的都是那次出租车之旅，而不是作品本身。

奇怪的是，这一做法并没有让我变得谦虚，在某种程度上甚至起到了反作用。艾拉·拉伯韦迪是第一个质问我的人，她对我说："你最近有些自大，你不觉得吗？"然后，连一个平时寡言迟钝的人都提醒我要注意。我想我已经明白其中的蹊跷了。我敢肯定，那些我没有写进新作品的宣传标语，它们试图开辟一条新的道路，想要东山再起。而它们确实成功了，换句话说，只是虚荣发生了迁移。

娃娃听到了我自大自满的传言，她自有一套方法去知晓事情，虽然那套方法通常是为了保持她耳根的清净。不过在她的字典里，名望和自负本就是同一个东西，所以她在谈话中老是把这两个词儿混为一谈。

分不清的不止她一个。我之所以知道，是因为有一天看到表哥和我们的好朋友巴尔迪拉·B一起来我家，巴尔迪拉的一只眼睛又青又肿，他和初三C班的男孩子们打群架了，而我的狂妄自大就是导致他们打架的罪魁祸首。

他们争吵的重点一开始并不在于我到底有没有变得骄傲自大，而是在于我是否有理由变成这样。巴尔迪拉·B认为我完全有理由，因为我在文学出版机构出版了诗集，我得到了稿酬，我曾坐出租车去地拉那的出版社交手稿，我还坐过两天牢，而更有说服力的是，我曾给高一B班的一位女生写过两封情书。

坐过牢和写过情书这两点激化了讨论。对方认为坐过牢不是什么值得吹嘘的事情，而是一种耻辱，尤其是当时为我辩护的律师还是个资产阶级。至于情书，虽然我写了，但并不知道表白的结果成功还是失败。的确，不管是完全站在我这边的巴尔迪拉·B，还是我自己，都没办法确认这一点。于是他又把信给了我们一位要好的女生朋友伊拉贝尔，她看过信后既没有哭，也没有用鞋子打我，而是说了句"谢谢"，我们便认为情书是成功的。可对手们依然不这么认为，他们觉得毕竟只有两封情书，算不上什么。他们告诉我俩，邻区有一个从首都来的男生，给同班一名女孩写了一百零七封情书后，被阿尔巴尼亚所有的学校除名了。

巴尔迪拉·B一边和我说着话，一边对我露出了不满的神情。我一开始没有明白，后来他告诉了我。原因在于我删掉的那些跟我名声有关的宣传语,其中很大一部分是我们一起写的,最后还署了方济各会①的简称。在他看来,文学部分我可以随心所欲地安排,那是我自己的事情,他不应该干涉,但是涉及荣誉的部分,我有义务……至少……对于他们,我的同学们,是有义务的。

他的表达变得有些没条理,不过每当他点头时,他那又青又肿的颧骨在我的视野中显得特别明显,倒让我可以更好地理解他说的话。

不管我有多想掩饰,我都实实在在地感受到了我的过错。

我们反复讨论过很多次自以为是的话题。其他人都觉得这是不好的,他们常常援引这样那样的格言,如"自负是上帝的创伤",或"傲慢是无能者的缺点",我们却不是很赞同。虽然持不同观点,但巴尔迪拉和我不会把它弄得那么神秘。自大一点有什么不好呢?自大会伤害到谁吗?巴尔迪拉特别喜欢这样解释:就拿你来说,骄傲让你感到幸福,别人心里充满了嫉妒,但你不会,你不羡慕任何人。如果你像莎士比亚那样优秀,难道会对别人有坏处吗?优秀自满都是你和莎士比亚自己

---

① 指天主教托钵修会之一。

的事情。而且莎士比亚已经去世了,他们难道还要去干涉吗?

每当他这样说的时候,我总是目不转睛地盯着他,心里想,怎么会有人跟我的想法如此一致!

但当其他因素例如诗歌、钱或监狱掺杂进来的时候,自命不凡的问题就变得复杂起来。像是一个打了死结的袋子,怎么解也解不开。诗歌可以让你挣到钱,但假如是你自己造钱,就可能会有牢狱之灾。也有人说,写诗也有可能被抓去坐牢。至于自负,人们普遍相信,它在所有的这一切背后肆虐。这种说法家喻户晓,以至于娃娃也来问我,人家是不是因为我太傲慢而不付我报酬了。

在很长一段时间里,我感到四处都飘散着误解的氛围。一天,姐姐悄悄对我说,不排除是奶奶一手策划了如此重大的秘密……我把食指靠近太阳穴,转了转,表示她大概是失去理智了,而她却反驳说我什么都不懂,然后愤怒地走了。

我开始思考,大家是不是为了一点细枝末节的小事,就能不分场合、不分时机地生气,互相指责。至于娃娃,她理解事物、对待事物的错误趋势与日俱增,这是前所未有的。

上次她意外地战胜伊兹米妮·科克波柏后,便又回到了常常出神的状态。某天，我已逐渐熟悉了这种踌躇的气氛，娃娃对我说她还想申请一次会谈（那个时候，维亚切斯拉夫·莫洛托夫①和约翰·福斯特·杜勒斯②之间的会谈正无限期延长），听到她这样说，我还是没忍住，放声大笑起来。

她一开口，我就明白她还是想说更换母亲的事情，只不过这一次，她的方式更戏剧化。

"你现在已经声名卓著了，你不会想着否认我吧，你会吗？"

"你怎么又说这个，"我对她说，"这些愚蠢的想法，到底是从哪儿冒出来的？"

她垂下眼帘，什么也没说。

我继续问她，让她至少解释一下用"否认"这个奇怪的动词是想表达什么。

她终于回答我了。

"我是想说你不会把我丢了吧？"

"啊，你是想说不要抛弃你呀，我明白了。"

讲到这我又想笑，不过忍住了。

娃娃把我的沉默当作了犹豫，这次干脆直接说出了

---

① 维亚切斯拉夫·莫洛托夫（1890—1986），苏联政治家、外交家。
② 约翰·福斯特·杜勒斯（1888—1959），曾任美国国务卿。

她内心的想法,"是我生的你,"她呜咽着说,"不管别人说什么,我,我才是你妈妈,别人都不是。"

我终于受不了了,朝她喊道:"够了,妈妈!"紧接着我又对她说,想不到她竟然会如此愚昧,也就是如此愚蠢、荒谬,最后我找不到更多的形容词来表达,直接说了"白痴"这个词,不过声音没有之前那么大。

我原本还想说肯定是伊兹米妮·科克波柏又嘲笑了她,但我想起来娃娃的这位表姐已经很长时间没来过我家了,于是我怒火中烧,完完全全被愤怒的情绪淹没了。

她至少要告诉我究竟从哪里听来的这些无稽之谈吧。她能不能别再拿这些事来烦我了!

当我正重复说"你能不能不要这么傻,不要这么慌……"的时候,她一改往日态度,打断我说:

"我不是白痴。"

"好吧!"我心想,她这么快就记住了这个我无数次忍住想大声说出来的词,而且说完还立马后悔了。

"我不是白痴……"她要是斩钉截铁地叫着说出来,我反而好受一点,可她的声音是那么温柔,小得几乎听不见,甚至还夹杂着一丝愧疚。除此之外,说这话的时候,她的眼泪也夺眶而出。我太了解她的眼泪了,就像动画片里的娃娃的真泪水一样,娇柔、微妙,让人难以抵抗。

　　我感受到了一种前所未有的内敛的温柔，像刀片一般轻轻地割着我。这种温柔让我意识到，我才是导致她像孩子般焦虑不安的原因，她害怕被遗弃。虽然她的言论很荒谬，但她确实备受折磨。

　　怎样才能让她明白她的担心是没有任何来由的呢？假设真有这样的男生，想着把自己的母亲换成那些高傲的女性，那些身着皮草的女性，她们如电影里演的一般，感到忧郁时就弹几首钢琴曲，还总收到神秘的书信，并拥有其他的小秘密（就像卡达莱夫人的谜一般的周六），就算放到文学作品里，这也绝对是最不受待见的虚构，因为我们通常会用别的模式。

　　我当然知道，这样的解释对于娃娃来说是行不通的。而我更不可能向她说明，这些年来，我好像不仅没有被她的无能所限制，反而越来越常利用这一点。我愈发相信，所谓的写作天赋，其实就存在于她这种与现实世界脱节的害怕中，存在于这种排斥一切理由的不确定中，或者说，存在于寸步不让的这种稚气的顽固中。

　　比起母亲，她给我的感觉也许更像一位十七岁的花季少女，她的成长，似乎在十七岁这一刻戛然而止。

　　要适应这种感觉并不容易，尤其是当我也快十七岁的时候，她依旧没有什么变化。而后，这种不可能持续着,甚至变得更加现实,我不停地长大,经过二十来岁,等到三十来岁快四十岁时,她仍然停留在原来的那个年纪。

这种颠倒的时间关系制造了许多混乱。人们说的那些从娘胎里吸收来的东西,很多时候我都觉得我不是从娃娃那儿吸收的。如今在我看来不可思议的误解、无法复原的理由,在我记忆深处的某个地方却是麻木的。

不过,在这些误解产生,或者说这些误解被掩护起来的同时,娃娃给我灌输了一种感觉,之前也曾提到过,那是一种冰冷的、惨白的恐惧。似乎是因为她自己对人性很陌生,所以她想保护我,避免我受到可怕的人性的伤害。

我时常感觉,任何让她的生活变得艰难的事物,都可以运用到我的艺术里。我甚至快要相信,她是故意自我伤害而让我得到写作的素材。

她放弃了作为母亲的自由和权利,变成了一个轻飘飘的娃娃,让我能在一个生存艰难、自由贫瘠的世界里获得最多的可能性(比如被德国占领的时期,面包是定量分配的,她会把属于她的那点少得可怜的面包,偷偷给我……)。

在这样一种纠缠中,想要对一切都做出合理的解释是十分困难的。

在我尝试着想要看得更清楚的过程中（人们在少有的寻求突破的时候，会意识到思想不应该只停留在原来的高度），我发现，似乎应该在平时无人问津的层面中去寻找解释。

可能一千年过去，她还是不明白，甚至一丝一毫都没能理解，就离开这个世界了。

不知不觉，她被卷入一场徒劳而悲哀的较量中。一边是她，一边是她儿子的艺术，两者总要有一个选择让步。

她早就知道自己会输。

她说的那句"别抛弃我"，现实意义其实是"如果能帮到你，就别管我了……"。

是她自己虚构了这些然后又将其归咎于伊兹米妮·科克波柏吗？或者说，这本来就是她幻想中的一部分？用娃娃们之间的话说……这是艺术与母亲间的对抗。

那次久远的巴黎晚宴上，沃兹涅先斯基为了不让别人听懂，特意用俄语和我交谈，他试图向我解释无解的事情：他与他的俄罗斯母亲之间的互不理解。

就像他的诗里，"母亲"一词调换字母顺序可以变成"黑暗"一词，母亲和黑暗就这么纠缠在一起……

七

我们家的房子似乎预感到自己将被遗弃,许多迹象很早前就显现出来。其中最为明显的要属横梁和屋顶,横梁经常在深夜嘎吱作响,屋顶则不断长出新的裂缝。而修缮工程也已经很长时间没有进行了。

第一个离开房子去首都的是我姐姐,她拿到了一笔奖学金。然后奶奶去了巴西利卡,也就是我们通常说的市政公墓,这可能是整个巴尔干地区唯一一座以植物命名的公墓。与此同时,我的两个舅舅从国外留学回来,一个舅舅有一只耳朵聋了,另一个舅舅娶了一名俄罗斯女人。

至于我,在书出版后,原以为会被莫斯科高尔基文学院录取,但未能如愿,于是我很懊恼,又前往地拉那(这次坐的客车),去报考那里的文学院①。

我刚走,巴尔迪拉·B 也离开了吉诺卡斯特,他在

---

① 卡达莱自地拉那大学毕业后,又赴莫斯科高尔基文学院进行深造。

寄给我的第一封信和最后一封信里表示，他觉得我离开后，吉诺卡斯特的生活已经没什么意义了。在那之后，尽管我打听过他的消息，却再也没见过他。某天，有人告诉我他现在在发罗拉开出租车，我不禁感到一阵惋惜，觉得我是让他做出这种选择的根本原因，而一想到过去的我曾因监狱和出租车这两件事出名，他又选择了出租车，这种感觉便愈发强烈了。

我从莫斯科回国后，我的父母也搬到了首都。

他们两人看上去已经麻木了，尤其是娃娃。她那句"这房子把你生吞了"的话，原意是房子太大太空荡，而可怕的是，如今的新家比之更甚，到了贪得无厌的地步。

这还只是开始。三周后，刚被医学院录取的弟弟和我坐卡车回到吉诺卡斯特，去把旧房子里的东西搬过来。

这是一趟令人精疲力竭的旅程，那些在房子里等着我们带走的东西，简直就是一场噩梦。在两名搬家工人的帮助下，我们开始机械地搬运，没有任何意识和思考。一条接一条的叮嘱扑面而来，让我们注意这个要带，那个也要带，可我们对这些东西一点印象也没有，所以很快便被这些嘱咐激怒了。除了不停地轻拿轻放，我们别无他法。在试图把主厅的吊灯取下来的过程中，我们把它弄碎了。至于我们对待娃娃嫁妆的态度,可以说比二战期间德国人对待娃娃的香水的态度还要恶劣。唯一令人舒服些,甚至让人感到愉悦的,只有地毯和鸭绒压脚被。而最让人头疼和厌烦的,则是那些铜器。

由于我在地拉那的书已经够多了,我本已下定决心不再纠结于是否把留在旧家的"文化遗产"带走,但最后还是没忍住,往装着写作本的箱子里又塞了一摞"充满广告语的小说",其中四分之三是戏剧和《麦克白》的手稿,还有唯一一本没有广告的小说《在异乡》。

焦虑的氛围在回程的路上一直挥之不去。离吉诺卡斯特越远,我们越意识到肯定有什么东西遗漏了。卡车摇摇晃晃地行驶着,开到克尔曲拉谷①时,用来做杏仁蜜糖千层糕的铜盘从卡车上掉了下去。我在迷迷糊糊中听到它掉落,然后顺着山坡越滚越远。司机停了车,我们下车查看情况,然而已经无能为力。

选择带上这个铜盘的时候,弟弟问我:"你把它带回去能做什么呢?"虽然当时没有回答他,但我心里寻思着以后谁办婚礼的时候或许用得着……那时我刚认识海伦娜,不知道为什么,看到这个铜盘,我就联想到婚礼上的蛋糕,所以我没有解释,而是直接和搬家工人

---

① 峡谷名,位于阿尔巴尼亚西南部维约萨河畔的克尔曲拉镇。

说:"把这个带上!"

铜盘的掉落让我有一丝不好的预感。上车后不久,我又打起瞌睡,蒙眬中,我好像梦到自己问那个铜盘:"你是不是不想被用来……"

在不安中,我脑海里闪过这样一个念头:这个年老的铜盘,它效忠于我们的旧宅,不愿为旧宅之外的地方服务,因此宁愿从空中跳下也不肯受此屈辱。

"真是荒谬!"我一边对自己说,一边想,之所以会这样胡思乱想,大概是因为从旧宅解脱出来之后,这是和它最后的联系了。

临近午夜的时候,我们才抵达地拉那,但等待我们的不是久违的休憩,而是新的任务:给卡车卸货。没有什么差使比这更糟糕了。有一部分家什进不了屋,另一部分磕磕碰碰,把墙都刮花了。除了鸭绒压脚被扔在哪里就蜷在哪里,像受了惊吓的猫儿一样,其他的东西都像魔鬼附身了一般。一堆讨厌的破铜烂铁,什么餐具、油灯、瓷罐罐、铜坛坛、开水壶、平底锅,大大小小的,似乎只在那里等着,一经触碰,就会在第一时刻尖叫起来。新公寓仿佛遭遇了一个大妖怪,随时要被破坏摧残似的。

娃娃拼命忍着,后来实在忍不住,便把头埋进双手,抽抽噎噎地哭了起来。这是我第一次看见她因为旧宅的命运而担忧。

　　搬家带来的影响持续了好几天，娃娃和父亲受到的冲击格外大。而我们其他人早已不再感慨，即刻投身于房子之外其他飞速发生着的事情之中。我国和莫斯科的关系越来越紧张，人们都等着和苏联断交那一日的到来，而就在这个时候，传来了比世界末日更令人惊愕的消息：要和苏联打仗了！

　　好一段时间里，大家像是被暗号控制了一般，没人再提起旧宅，只有父亲负责处理它的后续事宜。有一天，他从咖啡馆回来，简单提了一句旧宅租出去了。然后又说了说租客数量，只见他深深地叹了口气，说："哎，这些租客……怎么都是希腊人！"

　　在莫斯科度过的校园时光让我明白，沉默并不一定代表人们遗忘了那些闭口不谈的事物。

　　当时的我，沉醉在大都市之中，以为自己已经完全忘却了那个大宅子，在我的记忆中，吉诺卡斯特、地拉那，甚至整个阿尔巴尼亚都渐渐变得模糊起来。

　　在作家学院的时候，一件很普通的事情让我对自己的存在有所领悟，但也正是因为事情普通，所以可以将其看作是神的旨意，在神的授意下，这种领悟是必然的。当时，我对于要不要写一本小说举棋不定，我隐约知道，我就读的学校是唯一一所共产主义的学校，学校的目的并不在于复兴文学。因此，我就像一名视死如归的士兵，被训练得毫无怜悯之心，哪里需要，就去哪里战斗、攻杀。

在此期间，帕斯捷尔纳克①的事情闹得沸沸扬扬，牵连了一部分文学工作者，大部分学生还没来得及从事件中恢复过来，就已经着手修改自己的小说作品了。每天早晨，在追思弥撒期间，上课的内容是反对乔伊斯－卡夫卡－普鲁斯特这三人组的写作手法，我们应该学习如何避免像他们那样写作的；但到了晚上，好奇与疑惑缠绕在大家心头，谁都抵挡不住邪念的诱惑，纷纷想要模仿他们。

说不定，这种折磨就是他们的复仇。不过对我而言，这似乎是有益的。

为了不被事件影响，我只好使出最后一招，决心借助最新的技术：将文字记下来而不是写下来。至少普鲁斯特和乔伊斯都没注意到这个方法，更别说卡夫卡了。不过比起其他两个人，卡夫卡给我的感觉似乎稍微亲切些，也许是因为我们的名字中都有个"卡"字。

---

① 鲍里斯·帕斯捷尔纳克（1890—1960），苏联作家、诗人、翻译家，代表作有《日内瓦医生》等。曾获1958年诺贝尔文学奖，但拒绝领奖。

在这些处于孕育阶段的小说中,大部分人像约定好了似的,都描写了自己出生的地方:有写城市的,有写乡村的,还有写沙漠、山峰、草原、峡湾、冻原、沟壑的……

思乡之情被铭刻在这些描写之中,试图将他们从曾经生长的地方带走。某些人的文字还透露着一种对莫斯科的反抗,他们抗议那种虚假的美丽,那种蛊惑他们的肤浅的魅力。

我和他们不一样,我甚至觉得,莫斯科的姑娘虽然生活在苏联这样一个粗俗的国度里,却是造物主创作的最精美的作品。这是我十分确信且永远不会改变的想法。

因此,我并不讨厌莫斯科。然而在潜意识里,为了对自己的根有所回应,我突然想起了那个我以为已经永远忘却的地方:故乡。

"你不是把我忘了吗?现在你需要我了,才记起还有我这么个存在?"

即便如此,我依然确信我并不需要她。再说,不论是教授们,还是学校的讲义,都没有强迫我们在作品中写自己的故乡。但其实写还是不写,与规定没有多大关系,真正影响决定的,是纠结着被灵魂忽视的内心。

我可以向她解释。若是她出现在我面前,像被刺杀的国王的幽灵一般阴郁,我会告诉她,这样做不是她的原因,而是我自己。反之亦然,如果有人将她刻画成一个养育了同样多名家和疯子的城市,那也不是她的错。

这句话本可用作一个完美的小说开头,但那一刻的我觉得,正因为精美的语句常常出现,才会导致误解的产生。不过大师就是如此。

然而,我越是竭力摆脱她,她越是变成了一个固定的主题:这个城市养育了……一个城市……人们……奇怪的……就像人们说的那样,这个城市……

好在几句歌词让我得以解脱,不再晕眩,它们来自一首古老的歌谣:

> 吉诺卡斯特,神印之城
> 大盗谢默,出生的地方

我对这个大盗谢默的身份一点也不感兴趣,更不想知道他给人们留下的记忆是好是坏。不过,我很快意识到,这几句歌词让我想起的是我自己,甚至应该把它改成:大盗谢默和我,出生的地方。

尽管不愿承认,但我隐约感觉歌里的大盗和我之间有共通之处。我没他那么有名,却比他更坏,我是一个艺术盗贼,是一个受过高等教育的文学刺客,在这里,我学会像精英部队那样，进行最有效的刺杀。

最终，在一个独具莫斯科特色的严寒之夜，我不再徘徊，不再纠结于内心的愧疚，而是拿出一张白纸，在"小说"一词后写上了自己的名字。

自然而然地，我之前写过的小说开头瞬间从我的记忆中涌出，以及那些广告语，甚至还有当时和我共同创作它们的巴尔迪拉·B的身影。短暂的怀旧过后，为了确定那个时期已经一去不复返，我准备在"小说"一词前加上"没有广告的"几个字。也就是说，和从前不同，这本小说将没有任何吹嘘和赞美的字眼。

不知怎的，我的思绪一直停留在小说的标题上。我知道小说一定会提到那个遥远的城市，那个既不像都柏林，也不像布拉格，更不像普鲁斯特笔下的孔布莱的城市，因此"城市"这个词总在我脑袋里转来转去，伴随它的是用来表达烦恼和匮乏的形容词，而"广告"一词也紧紧相随。所以这是一个缺少了什么东西的城市，比如花坛，或笔直的大道。

在这股思想漩涡中，"广告"一词突然离开了小说这个文体（没有鲜花，没有广告的短篇小说），转而支持城市本身去了。

《没有广告的城市》。我惊讶地看着这个我刚刚写下的标题，立马意识到这是构想中最荒谬的选择。这题目与广告有关，也就和那些灯光招牌有关，而在朴素的吉诺卡斯特，或是地拉那，甚至是整个阿尔巴尼亚，这些东西都是少见的。

我用一条直线画掉了这个标题，然后又怀抱虚无的热情开始寻找新的可能。没有……的城市……城市……总而言之，标题一定要是"没有……的城市"这个格式。

突然，我想到了：没有出租车的城市。就是它了！我心想。虽然这个题目并不特别，但它确实有自己的意义。吉诺卡斯特的街道都是很陡的斜坡，因此在市里开出租车是不可能的。除了……

我发觉想要回避是没有用的，想要假装不记得也是枉然。出租车的事儿和广告语直接就出自我所谓青春期的传奇。那趟我再也不想提起的出租车之旅，连同巴尔迪拉·B，以及其他的事情，我本以为已经把它们忘得一干二净，它们却在莫斯科再一次回到我脑海里。

我把这个标题也画掉了，重新写下与之前类似的标题："没有招牌的城市"。

我的思绪开始激动地跳跃，一个接一个。仿佛从第一页开始，灵感就源源不断地迸发出来："深夜，从地拉那发往吉诺卡斯特的大巴驶入目的地，那是一个没有招牌的城市。在半梦半醒的旅客中，有一个叫琼恩的年轻人，焦虑地凝视着这个地方。"

这或许可以成为《没有招牌的城市》① 这本小说的开头，为了让自己适应，我端详了好一会小说的标题。

这是一个关于缺少了什么的城市的故事……不是缺少什么人，就是缺少了什么东西。除了……

太阳穴又开始疼了。

"这城市缺少的就是我啊！"我差点叫了起来，"应该是'没有我的城市'才对！"

"这下好了，你又找到你的标识了。"巴尔迪拉·B准会用责备的语气这样说，"当然，最重要的永远是你啦！"

有我……或是没有……

这两种可能在我脑袋里厮杀了好一会儿。最终当然是"有我"胜利了。除了我，那个焦虑地凝视着城市的年轻人还能是谁呢？或者，正如英国大师告诉我们的那样，是我自己的魂魄？

我像影子一样回到了那个城市，假如没去莫斯科，我本来应该在那里度过余生。简而言之，我将在那儿过上一种与我的此刻日常毫无相似之处的生活，这种生活原本已经发生，所以我有责任将它重现，即使是以幽灵

---

① 此处小说标题与前文不同，但原文如此。

的身份。

搬到地拉那之后,娃娃勉强重新找到了生活的目标,可父亲却没这么幸运,他似乎完全与现实脱节了。

大家觉得是离开了旧宅让他精神失常的。毕竟,旧宅是他生活的全部动力,现在却冷漠地离开了他,连同"伟大的再造者"等等头衔也一并带走了。

每天,父亲都神情凝重地从咖啡馆回来,第二天看完报纸后又带着同样的表情离开房间。

他在咖啡馆认识的新朋友很有可能会问到我,但我从不知道他是怎么回答的。他因为名字的事情(列夫·尼古拉耶维奇·托尔斯泰事件)训斥过我,但那已经是很久远的事了,在那之后,他再没打过我,也没对我说过重话。

然而,战前的那些老派杂志总在强调父子的敌对关系。我对《俄狄浦斯王》的故事也越来越感兴趣,在学校时,老师曾以很特别的方式给我们讲述过。

在这种影响下,我逐渐乐于将我和父亲之间的关系看成一种协议。我们之间就像是休战,只是战争从来没有爆发过。

除开没打响的战争,还有一样东西让我们的关系变得错综复杂,那就是他脸上严肃的表情。虽然我看到过很多次，但它不仅没使我觉得讨厌，反而让我感到有些合拍。巴尔迪拉·B在这一点上也有功劳，在他看来，比起开朗愉快的心情，父亲那忧郁的神情绝对更加迷人。

对此我们讨论过不少次，似乎总是遗漏了什么：父亲这种严肃的神情，要么是我们自己解读出来的，要么是出现了别的东西：父亲内心藏着的哈姆雷特的灵魂。

那些杂志认为，父子之间的敌对早晚会引起可怕的冲突。在莫斯科时，反对颓废主义的人表示，这种观点是受到了"另一边的那些人"，即资产阶级的支持。这一概念光是来自他们的世界就足以吸引眼球，现在它成了我们这些社会主义者的众矢之的，就愈发让人感兴趣了。

类似于休战的关系，不管有没有根据，在我潜意识里就暗示着等待一场战争的到来，那时候我们已经开始用"潜意识"这个词了。父亲搬到首都后，没有了头衔，生活在只有一间"囚室"那么大的狭小公寓里，这种暗示就更强烈了。我不再是穿着短裤的中学生，而是一名获得了双学位的年轻人，是一位作家，我了解到了很多事情，其中最令人感到畏惧的，还是那个著名的俄狄浦斯的故事。

不论这种敌对的气氛是真是假，它都让我觉得父亲要么会勉强接受这份协议，要么直接将它废除。

在这样的期待中，我本没有任何忧虑。然而有一天，尽管不明白具体的情况，我感觉到自己已经卷入了较量之中（后勤进军、突袭、攻击、最后的反击等过程无一例外），无论愿意与否，我都和俄狄浦斯一样，参与到了决斗当中。

一天，《光明周报》的主编与我建立信任后，给我看了一份机密书评，里面的内容是已经在西方发表的关于阿尔巴尼亚的言论，他表示我可以带回家，但一定要注意保密。我立马想到了父亲，在隐藏机密和销毁有害文件上，没有人能比得过他。

受到"黄色文学"的启发，人们通常会给被禁止出版的刊物特别命名，我拿到的这份书评被称作《黄色公报》，它已被分发给各大主编，让他们知晓"散播在国外的对阿尔巴尼亚的敌意"。

一天，父亲看上去特别郁闷，但是我从中确信了他的可靠，便把公报给了他，并叮嘱他看过以后记得销毁。

尽管知道父亲向来对各种报道和消息很感兴趣，但我从未见过他情绪变化如此之快，本来愁容满面的，瞬间就开心得像孩子一样，还充满了感激，仿佛我将最珍贵的礼物送给了他。

海伦娜在她的回忆录里详细描写了父亲当时阅读这一违禁刊物的仪式，他将房门反锁，然后将公报放在烧柴火的炉子里焚毁，最后亲自检查过剩下的灰烬才算放心。

很明显，他的生活在那之后发生了天翻地覆的变化。每天，他焦急地等我回家，即便是等待发饷的贫民或是等待服用镇痛药的病人，都没有他那样急不可耐。

我能够想象，对于一位新闻刊物的老读者来说，突然接触到如此"与众不同"的消息，绝不是无足轻重的事情。然而，在我看来，这份《黄色公报》更像是一个秘密武器，突然逆转了我和父亲之间这场战斗的局势。

依据这个逻辑，某一天我意识到，在无尽的努力之后，这个秘密武器不仅让我战胜了敌方，而且完完全全将其变成了我的俘虏。

许多年之后，当我和父亲的一个过于专横的好友谈起此事时，他半嘲笑地反驳我说，如果弗洛伊德还在世，他很可能要修改他的理论了。

在我了解的有关俄狄浦斯和弗洛伊德的内容中，最吸引我的是斯芬克司，不过我不是很相信弑父的邪念，更不相信对母亲的欲望。娃娃那刻板的神情更是杜绝了这种事情的发生。

年复一年，我已经习惯了她这样子，就像知道了一位专制者的弱点一般。（你可以吓到别人，但真正让我害怕的另有其事。）

我本已不再将弗洛伊德奉为权威，但在莫斯科，我又重新敬重起他来。如我所料，人们不停地诋毁弗洛伊德，以至于我开始感到愧疚。对于那些不受官方待见的人，我很少会不喜欢。我尝试过改变这种想法，但却难以实现。

让我从苦海中脱离的，是一场流言。

一般说来，那些针对颓废派艺术家的攻击，在莫斯科和地拉那的情况别无二致，无非就是说他们偏执狂、伤风败俗、患有梅毒。可是弗洛伊德受到的中伤却很不一样，乐通·斯图尔帕兹称之为"异端诽谤"。在他看来，尽管对维也纳人有着官方立场，苏联官方却在一份密函中建议在审讯过程中使用弗洛伊德的理论来摧毁作家们。除此之外，安娜·阿赫玛托娃也曾用恶毒的言论抨击这位"有嫉妒心的精神科医生"，让整个学院意外地被一股敌对告密者的浪潮所淹没。

当我不再指望父亲时，他瞬间就变得无辜了。

八

娃娃刚到地拉那的时候虽然有些木然,但我感觉她后来还挺喜欢首都的生活。她每天进进出出,时而去街上逛逛,时而去走走亲戚。

我本以为她那小女孩般的天真,在地拉那会有所改变。

但没过多久,我发现事情的发展与我预想的恰恰相反。娃娃的天真,有增无减。

过了些日子,我才明白,是和她有着一样品格的大城市促成了如此偶然的结果。我之所以确信娃娃越来越天真,是因为有一天,她想要和我谈话,而这次谈话的氛围前所未有的神秘:她竟然建议我订婚!

在那个时代,尽管有些东西已经过时了,但作为一位母亲,对未来儿媳的选择上有所建议,还是理所应当的。

那天,娃娃用一贯的方式对我说她想和我进行会谈,我扑哧一笑,但当我明白她要谈的内容后,便渐渐地笑不出来,还感到胸口隐隐作痛。好长时间我才反应过来,她是想着挑一位未婚妻……给我!

我依旧不敢相信自己的耳朵,但好奇心让我憋住了笑意。我怀着一份急不可耐的喜悦之情,等待她开始新一轮的胡诌。她果然没有让我失望,而且远远超出了我的期待。日后每当我回想起这次谈话,我都确信,在她给过的千千万万的建议之中,没有哪次比这次更荒唐可笑了。简单地说,若是当初按照我亲爱的妈妈推荐的人选,我本应该和一个放荡不羁的女性订婚。

事情是这样的:某天下午,一个女孩敲响了我家的大门,我是在"前海伦娜"时期——我向朋友们这么形容和海伦娜恋爱之前的日子——遇到这个女孩的。那时候,有些不顾廉耻的女孩偶尔会在美术学院做模特,我就是在那儿碰到了她。我真正认识她是在一位画家朋友的家庭聚会上,墙上挂着她的裸体画像。有那么几次,但为数不多,我还没来得及想象出将她衣物褪去的样子,就已经看到了她的裸体,这算其中一次。

这也是我们跳舞时第一次对话的主题。她佯装羞涩,挑逗地笑着,用头示意了众多裸体像其中的一幅后,向我问道:"你觉得这幅画怎么样?"然后又问我在这么昏暗的灯光下能否猜出模特的身份。我毫不犹豫地说:"是你吗?"她十分开心,还透露说当时特意请画家对脸部做了一些修饰,就是为了不让人认出来。

她待人极其温柔,娃娃很有可能就是被她说话时的轻声细语一下子给迷住了。我家大门打开后,她问娃娃:"夫人,您好,请问斯梅尔是住在这儿吗?"

娃娃先是一愣,但随即还是请她进到公寓里,陌生人的魅力最终征服了她。

我从未见她如此激动地赞美一个人。除开姣好的面容和优雅的举止,娃娃还被这个陌生人的北方方言彻底地迷住了,尤其是姑娘言语之间常常称她为"夫人",这都让她忆起了在北方逗留的那段时光。

刚一沉默,娃娃就用一种既愧疚又哀怨的眼神看着我,仿佛我拒绝了她的建议,而她却觉得这个如此讨人喜欢的年轻人似乎……

"妈妈,"我打断她说,"我知道你想对我说什么。"

"但你却不想好好听。"

"你想让我听什么?"我立马反驳道,"你说的这些根本没有意义。"

"我说的任何事情你都觉得没有意义。"

突然间,我感到心中的愉悦消失了。

但务必不能把娃娃惹哭。

我本打算对她说:"妈妈,这个女孩不完全是你想的那样。"但这样的解释我很难说出口,我得说得更简单易懂些。

"你听我说，妈妈，你是觉得这个女孩很可爱，可是……怎么说呢……她在生活中有点……放荡。你知道这个词的意思吧？"

我感觉她是理解这个词的，可她看上去好像并不惊讶。

尽管对那个"女孩"感到抱歉，我还是开始绘声绘色地描述，给她冠上了一些本不该用来形容她的词语。我急切地想让娃娃明白，于是大肆搜罗阿尔巴尼亚语里的各种词汇，哪怕是差别极小的词，我都一一列出，好说明她这类女孩，这类穿梭在某种半上流社会的女孩，到底是什么样。人们一直觉得，通过她们这些人，拉丁人、克尔特人、拜占庭人甚至是奥斯曼人的讲话方式开始影响我们的语言。然而我一直不明白，为什么在我看来，奥斯曼人的表达方式最适用于我们所处的情况。

"你到底明不明白？"我大声冲娃娃喊道，"你是想我和一个'妓女'订婚吗？你到底怎么想的？就因为她不停地叫你'夫人'，你就想要一个这样的儿媳妇？"

我继续说着，也不在乎她能不能忘记这个可怕的词，不过，看到她并没有掉眼泪后，我便心满意足地结束了这段独白。

海伦娜在她的回忆录里写到了她第一次在我家吃午餐的情景,那也是她第一次见我父母。

那是一个周日,整个上午,海伦娜都待在我房间,这么多年过去,我已经不记得当时为什么会突然问她:"要不留在我家吃午餐吧?"

"吃午餐?"她先是惊讶地回答,而后又反问了好几遍,"为什么呢?"

那时,我们已经约会好几周了,但从来没提见父母的事情。海伦娜认识我姐姐,她们在别处见过几次,与我弟弟则在楼梯上见过一面。

"至于为什么嘛,"我重复了一遍,本来想说个好理由,但无奈怎么也没找到合适的,于是我随口说道,"就是吃个饭,没有什么原因……"

接着我立马离开房间去找娃娃,告诉她我的朋友会留下来和我们一起吃午餐。

"这位金发少女是谁?"娃娃问道,她一般不说这种流行词汇,而是委婉地用"浅色头发"来表示金发,因为在吉诺卡斯特,尤其是在那些古老的家族里,人们都这么说,拥有金发的女孩在他们心里有着很高的地位。

我觉察到娃娃似乎已经被我的朋友吸引住了,之前我就有种直觉：海伦娜的发色是她和我这个脾气乖张的母亲和睦相处的关键因素。

但事情的发展并不令人满意。娃娃的脸上流露出一丝冷漠。显然，她因为我没有考虑她之前的提议而感到失望，而且把责任归咎到了海伦娜身上。

她只是问我要不要报告他——我的父亲。

"当然要了，"我说，"所有人一起吃饭。"

那会儿才正午，而我们要到下午两点才吃饭，因此如果有必要的话，还有时间做一些准备。

海伦娜有些焦虑，为了安抚她，我跟她说了一些卡达莱家族的轶事，其中有些是关于娃娃的天真性情。我也跟她说了"模范儿媳"的事情，还开玩笑地说，既然"夫人"一词让娃娃印象如此深刻，她不妨也试试不经意地在对话中提到。

临近饭点时，我先独自去探了探气氛。父亲穿的衣服和他脸上的表情告诉我他肯定已经知道了。弟弟悄悄问我："海伦娜来吗？"我点了点头表示肯定。

两点的钟声敲响时，海伦娜跟着我一起去赴这场午宴，如果巴尔迪拉·B在，他不仅会将这顿午餐形容成阿尔巴尼亚世俗文学风俗中的最大革新，甚至还会把它和杰斐逊的《独立宣言》以及我们刚在文学课上学的德国的狂飙突进运动相提并论。

父亲主持着一直生效的"戒严",他脸色比以往任何时候都阴沉。娃娃在这种时候总是摆出她习惯的表情,既无感觉也无所谓。不知道为什么,姐姐漠漠然一副犯了错的样子。席间唯一自然的只有弟弟了。

"您好,夫人。"海伦娜一字一顿地问候道,她的语气有些不确定。

我拼命抑制住了想笑的冲动。娃娃没有听见,或者说她是假装没听见。(我在心里默默祈祷她最好是真的没听见,因为和之前那个斯库台女孩温柔甜美的声音比起来,海伦娜说的话在她看来一定平淡无奇。)

当她摆好最后几个盘子时,我看到她脸上悄悄闪过一丝十分熟悉的表情。"真是坏脸色!"我差点叫出声来。那是奶奶的影子,她可能就是下一个奶奶那样的婆婆……

用餐时,聊天很难开展起来。除开海伦娜和弟弟关于学生对学院规章制度的调整交换了些无关痛痒的观点,剩下的都是些勉强拼凑起来的只言片语。

"我早告诉你了吧。"我低声对坐在身边的海伦娜说。

她也觉得我说得对,这让我安心不少。

我之前就跟她提过,与卡达莱家族的人打交道,就是面对一群不停皱眉的人。不过这次,他们表现得如此冷漠也是有一定道理的。所有人的目光仿佛都在问：这个女孩是谁？她在这做什么？这顿午饭意义何在？

我时不时瞟上娃娃一眼，几乎能听得见她心里在想什么。

"你心里一定想着另一个人吧，对吗？我就知道！"

我默默地想象着与娃娃的对话："现在坐在这儿的女孩，我的海伦娜，她一点也不丑，不是吗？在外貌上她无可挑剔，甚至比那个女孩更漂亮。再说了，她还有一头金发，和那些吸引你的女戏剧家一样。"

某种压力干扰了我的思考。我很想叫出来："你没理由这样摆脸色！不过是一顿午饭罢了，何况还当着一位年轻姑娘的面，她可是我女朋友。这是我们两个人之间的事情，跟你或其他人一点关系也没有。明白吗？"

我的怒火刚在心中爆发，立马又毫无缘由地平息下来。

思绪仍在骚动，不过换了一种方式。在旧宅吃晚餐已是多年以前的事情，从今往后，娃娃取代奶奶作为婆婆的位置，而海伦娜则变成娃娃，留给我的，自然只剩父亲的角色，要在她俩发生争执时判断谁对谁错。父亲在妥协之后，彻底失去了伟大的"托尔克马达"①的职位……一切很有可能陷入死循环……

"这顿午饭让我筋疲力尽，"回到房间后，我对海伦娜说，"也许我不该让你留下来吃饭。"

"别这么说。"她说这话时的语气和之前向娃娃问好时一样犹豫。

如果今后有人表示这顿饭只是表面看起来荒唐，实则蕴含了某些谜团，那我准会当面笑话他的。

"这个女孩是谁？""她在这做什么？""这顿午饭意义何在？"这些问题确确实实被提到了，但是所有人，包括海伦娜和我，都没什么好隐瞒的。更何况我和海伦娜本来也什么都不知道。我们就这么突兀地决定一起吃午饭，没有任何意图，也没有任何计划。

然而，在那之后，也许是出于好玩，也许是因为读了些有关精神分析的书，我不禁问我自己，当时的我们，是否真的什么都没想，难道就没有下意识地拉着别人和我们一起畅想那尚且模糊的订婚场景？

我越来越觉得，即将到来的婚礼和吉诺卡斯特旧宅那些空空的房间一样，一点也不真实，纷纷躲藏在这场

---

① 托马斯·托尔克马达（1420—1498），西班牙宗教裁判所首任大法官。

荒谬的午餐剧中。

埋在海伦娜头发中的发夹,随着她头部的晃动若隐若现地闪着微光。那些因未得到许可而没法诉说的愿望,正是即将上演的激烈事件的开端。

九

我们一起商量过订婚的可能性，约定好即便真的订婚，也绝不按照习俗来办，尤其是在海伦娜已经经历过一次订婚集会的洗礼之后。我们越来越频繁地一起出现，不仅在咖啡馆、作家俱乐部和剧院见面，还会去饭店约会，就差没去酒店了——但也很快就会迈出这一步。

我曾和海伦娜提起过在莫斯科的颓废文艺课上所听说的关于"美好时代"氛围的事情，特别是关于那些经常贴在大作家身边的名妓。其中的细节十分吸引她，以至于她在回忆录中写到，一次和家人争执时，他们试图将她按在墙上，发问道："你是想做他的小保姆吗？"她坚持地回答："对，我就是想那样，做他的小保姆！"

我们俩一致认为，周日的那次午餐是我们如此兴奋与激动的根源。

海伦娜的心中保存着那个我觉得已经过时的词儿：定亲。我一直热衷于贬低这个习俗，就像我在诗里写的那样:"我不能许诺与你订婚……/充满了毫无意义的计划/更不要说婚姻生活/就像条纹睡衣一样乏味。"海伦娜向我袒露,这些诗句使她心醉神迷。

可就像报复行为似的,我的诗句反过来变得对我们很不利。

经常有人问我:"有人在花神咖啡馆见到你和那个文学专业的女生在一起,你们要订婚了吗?"还有人对海伦娜说:"有人在剧院看到你和那个从莫斯科回来的家伙在一起了,恭喜恭喜!"更糟糕的是这样的问题:"听说你和你的前未婚妻复合了?有情人终成眷属啊!"

我们很快意识到,仅仅因为订婚,是不会产生这么多流言蜚语的。海伦娜听到的闲话分两种情况等着我们,一种是可能订婚,另一种则是散伙。而最后还有,伏尔加饭店一名蹩脚的小提琴手因为海伦娜的缘故,嚷嚷着要砸碎手中的小提琴。还有文学院的那两个学生,也似乎要折断手中的笔不成。

这样一来,我们对订婚愈发厌恶。与此同时,欲除之而后快的心情让我们突然发现了新的办法:跳过订婚这个阶段,直接——结婚!

但我立刻想起来,关于婚姻制度,我同样写过不少坏话。如果真的结婚,人们肯定会说:"哟,你现在进行到哪一步了?穿上你的条纹睡衣了吗?"

然而，想要后悔为时已晚。我们可以试着用同样的方法坚持下去（你坚持要做他的小保姆？），或者向世俗习惯低头，去地拉那那个恼人的市政府，还可以去苏联，虽然其内部已经四分五裂，但在某种意义上也是另一种联合……但不论是哪种选择，我们的婚礼都绝不会像旁人想象的那样，而是我们自己真正向往的……

不过真说起来，我们也不是很清楚自己到底想要什么样的婚礼。或许和普通婚礼差不多，或许很特别，还可以介于这两者之间，这就是我们目前对于婚礼的想法……

为了坚定我们的决定，也为了证明这个决定并不是两个学生的一时兴起，我们想都没想，直接给这场"差不多的婚礼"定下了具体得不能再具体的日期：十月二十三日。

这不是诗意大发，也不是月光般的浪漫，更和破碎的小提琴没有关系，而是我们确确实实地定下了结婚的时间和地点，会明确写在婚礼通知上。

日子的宣布在我们两大家族内部掀起了前所未有的轩然大波。"为什么要选这个日子？""为什么匆匆忙忙地决定？"的确，在双方反复争论前，事情不可能就这么简单地结束。"十月二十三日这一天到底有什么来头？"

说实话，选这天完全出于偶然，没有任何深层含义，就连外部的客观影响也没有，比如海伦娜的考试延期，或是有别的事情推迟之类的……

即便如此，依旧没有人愿意相信，他们将所有可能的和不可告人的原因统统分析了一遍，并且互相怀疑对方肯定知道些不为人知的内幕，以至于某天晚上，海伦娜的妈妈突然造访女生宿舍，她脸色苍白，刚到就毫不迟疑地质问女儿……问她这样做是不是因为有个秘密藏不住了，必须让这个秘密合法化……

所有质疑好不容易消散后，人们本以为事情会往积极的方向发展。可事实并非如此。正当两大家族打算重归于好时，他们又开始担心我和海伦娜之间的关系。

这种担心围绕着现代婚姻的誓言，这种誓言被我们骄傲地四处宣扬着，在酒馆里，朋友聚会上，还有我的两本书（其中一本是阿尔巴尼亚语。为了增强这种观念的可信度，另一本由大卫·萨莫伊洛夫[①]翻译成俄文后在莫斯科出版，据说，他不仅是犹太人，好像还和"公主"——人们私下里给斯大林的女儿取的外号——订过婚）里。

---

① 大卫·萨莫伊洛夫（1920—1990），俄罗斯"战争一代"著名诗人。

也就是说，我们必须履行这样一个与众不同的婚……婚姻的誓言。说起来倒是轻松！

我第一次意识到，触碰一个流传了两千多年的习俗意味着什么。它当然有可能一直流传，也有可能经历了同样久远的反习俗阶段，毕竟它本身是一种诱拐。

奇怪的是，在这个什么都不被允许的国家里，一股真正的诱拐之风正疯狂地肆虐，在那些农业合作社里更甚。这种现象在格拉韦洛特①也很常见，那些被诱骗的女孩，如果得不到家里的同意，就只能是未婚妻。简而言之，诱拐作为婚礼的起源，如今早已变得普通，人们再也不能将之视作丑闻。

新娘……尼伯龙根的族人……与死者的联盟……我竭力忘却这一切，并为曾经的出言不讳感到悔恨，仅仅是嘲笑童贞便已难以饶恕，更不要说其他的了。

时间大步地向前走着。我和海伦娜在重要的问题上达成了共识：第一，不邀请各自家族的人参加婚礼；第二，邀请朋友代替亲人，海伦娜可以请学院的同学，我则可以请艺术家和作家朋友们。

海伦娜的朋友对此感到十分惊讶。

---

① 法国摩泽尔省的一个市镇。

巴尔迪拉·B也没法来参加婚礼,不过他很有可能把这事上升到世界性的高度,好比欧盟建立,或诸如此类的事情。

我向家人告知这个决定的过程还算顺利。娃娃只是呆呆地听着,一言不发,也许借此来表达她的惊讶以及对我父亲的不满,她大概忘了,父亲仍沉浸在《黄色公报》之中。

海伦娜还没和她的家人坦白,但她越是沉默,家里人的疑心就越重。有人说,一桩丑闻即将爆发,而鉴于海伦娜什么都不透露,还有流言称她的父亲决定亲自查明真相。他打听到了我父亲每天早晨都去的咖啡馆,然后盛装打扮了一番,前去找人。找到我父亲后,他放了一张君主制时期风格的名片在桌上,上面印着:药剂师帕维理·顾希博士。

两人之间的谈话并不顺利。海伦娜的父亲性格比较外向,但对着面无表情的我的父亲时,很难把本就杂乱无章的情况表达清楚。

他小心翼翼地说道:"问题不在于谁妨碍了谁……也不在于俩孩子太年轻……嗯,只是,他们确实还不够成熟……他们的前途……也许……如果两家人……也就是说我们做父母的……有义务……"

支支吾吾说了半天后,海伦娜的父亲终于确信对方并没有理解他的话，或是装作什么都不理解的样子，于是他话锋一转，说："也许您还不知道您的儿子与我女儿……"

由于听说过我父亲的性格，他打算稍后再详细叙述事情的经过。在这之前，他料想我父亲会咕哝着抱怨一番："我什么都不知道，这些闲言碎语我才不管呢。"

但出乎他意料的是，我父亲竟然回答道：

"我知道。"

事后，我和海伦娜试图还原他们谈话的细节时，一致认为，在我父亲说出"我知道"的那一刻，他们的会面就凝固不动了，换句话说，或许叫半途而止吧。

他们之间究竟发生了什么？

或许每一方都料想对方会有激愤的言辞，类似于"让你儿子不要打扰我的女儿！"或者"博士先生，在你来找我之前，你应该好好看着你的女儿！"等等。然而，父亲那句神奇的"我知道"，不仅逼得那些话打道回府，更打消了那些糟糕的想法。我的父亲让海伦娜的父亲想起自己的博士学位，而后者并不知道前者没有文凭，也不知道他读了不少《黄色公报》，是一个亲自与魔鬼打交道的人。

父亲一句简简单单的"我知道"却蕴含了不少信息，它暗示周日的那次午餐，而那次午餐远不止吃一顿饭那么简单，它本身也是秘密，一个刻着高级的象征符号的秘密，这个秘密代表着信任以及对同桌者的保护。

海伦娜和我们一起吃了午餐，这也就意味着，尽管有些事情还没有说明，但从那时起，她和卡达莱家之间，便在内心深处的某个地方，系上了一根不易觉察的纽带。

在不知情的情况下，海伦娜作为客人，享受到了作为未婚妻的好处。

顾希博士感到谈话的气氛似乎得到了缓解，受此鼓舞，他认为和卡达莱家缔结友好还是很有可能的。

他莫名地激动起来，先是含糊其词地表示，既然事情已到了这个地步，他们现在应该商量好接下来该做些什么，然后又依次提到了订婚、准备工作、聘礼、戒指这一类的细节。

对方每说一个词，我父亲的脸色就变得更晦暗，像是听见了十分可怕的事情。过了很久，对方才意识到这一点，再怎么弥补也没有用了。父亲尖刻地回了一句，那是顾希博士预料他在刚见面时会说的话："我从不理会这些事情，您和我儿子谈去吧。"

两人的第一次也是最后一次交流就在互不理解中结束了。

海伦娜的其他家人收集到的信息更令他们失望。顾希博士本以为能和女婿的父亲和睦相处，但事实证明他想多了。众所周知，卡达莱家的人都有些神志不清。哪有父亲会向十二岁的儿子借钱的？又有哪家儿子十三岁时在坐牢，还一个人乘出租车去别的城市，虽然后来成了诗人，出版作品，却写出《打倒童贞》这样的文章，难道童贞是美帝国主义不成？

再怎么坚持也没用，您的女儿是不会听的，还是听天由命吧。

我们家的情况却完全不同。看似没有意义却又蕴含哲理的怀旧之情在此旺盛地生长，这是某种自我责备的结果，更是对吉诺卡斯特旧宅感到抱歉的结果。旧宅屹立了近三个世纪，却没见证过多少婚礼，如今这个住了不到两年的公寓，连石膏墙都没有干透，刚有奶白色的滴印形成，就已经急着要拥有自己的婚礼了。

从人类学看来（之后不久人们便习惯这么说了），这种悔恨是十分正常的。对于旧宅举办过的婚礼，大家还留有记忆的只有奶奶和娃娃那两次，一次在一八九五年，一次在一九三三年。除此之外，再无其他了。

在这种情况下，大家自然会想起那些不能来参加这次婚礼的人：娃娃的父亲巴巴佐，奶奶，还有曾与她形影不离、刚刚去世的妹妹奈斯柏·卡拉乔兹。有两三次，提到婚礼蛋糕时——那时候婚礼蛋糕都要在社糕联（全称类似于社会主义地区糕点联盟）预订——大家总会想到以前那个装杏仁蜜糖千层糕的大铜盘，不过都没有陷入执念，就像以前，人们也时不时讲起那些莫名其妙去世的老妇人一样。

十

尽管他人并不期待，婚礼还是于十月二十三日如期举行。

我早就知道，怨恨，是阿尔巴尼亚式婚礼的核心。它会在婚礼前、婚礼中和婚礼后三个阶段中的任意一个阶段突然出现。

以我们为例，纷争是在第三幕，也就是婚礼刚结束时响起来的。这是一种无法类比的误解，在两个家族间爆发。我们早也预料到误解源于盲目又不可避免，但没想到误解会如此登峰造极。

种种不满和恼火从最意想不到的地方，以同样出人意料的形式，向我们袭来，引用从恩格斯语录到冰岛谚语……人们本以为，卡达莱家族自打离开疯人街，早已恢复了精神状况，可瞧，事情恰恰相反，他们完全丧失了头脑……卡达莱家族那边暂且不表，但是顾希家的博士，他怎么能咽下这口气？人们那么说并不是空口无凭……（说着还要接上一句谚语，或者拉丁语或蒙古语

的什么格言）

我对传统的蔑视遭来报复，但这种怒火的因子也传染了我，促使我这样回敬："你母亲在火车上不再唉声叹气了，因为听不到女婿叫她'妈妈'，她的心在滴血吧……"

海伦娜听后，愣在那里。

这是婚礼后我们第一次用这么尖酸刻薄的话交谈。

"我母亲在火车上唉声叹气？"她盯着我重复道。

每次战斗结束后，双方阵营在清点自己的损失时，总是被一股特有的收场气氛所笼罩。很明显，十月二十三日这一天是要把对圣母玛利亚的崇拜与那些本可以写入史诗的素材融合在一起。因此巴尔迪拉·B 的缺席显得前所未有的遗憾，因为他是唯一一个能写出这样的文章的人，他有秘诀能让这场仪式永垂不朽。

卡达莱家的大部分族人已经去世了，这是让他们变得难以捉摸的原因，三十几年前，他们用自己的优势击败了厉害的道比家族，如今要战胜顾希家族也不是什么难事。顾希家族不论是试图会谈，还是摆出博士那家喻户晓的药学文凭，都无济于事。顾希一家的生存概率微乎其微，就像当年德国打败波兰和法国后，若是突袭瑞士，瑞士也几乎不可能摆脱困境一样。

战争留下的创伤很快就在失利的一方中显现出来。

顾希博士的心脏病就发作了两次,更不用说其他的了。

不久后,我们从地拉那的公寓搬进了两间更小的面对面的房子。在娃娃看来,分开住并没有什么不好。不过让她宽慰的是:虽然发生了改变,但好在只是换房子,不是换母亲。

两间房的气氛热闹极了。为了帮我们搬家,同事和朋友——主要是文学工作者和画家——不知疲倦地在旧公寓和新住所之间来来去去,而且还叫上了他们的朋友,甚至朋友的朋友。

他们中的大部分人,都是因为大分裂而被迫中止留学后回到国内的。

一切是那么繁忙,有点儿诙谐,又有点儿忧伤。忧伤是因为,有一大批已订婚的异国女性,她们被迫滞留在阿尔巴尼亚,而想要回国的愿望,突然变得毫无可能。

画师们在给厨房的壁橱试色,他们挑选的主要是些政府爱用但并不官方的颜色。其他人则忙着收拾书房和卧室,时不时还调侃海伦娜几句。

所有人都忙得不可开交,几乎没人在意外面的世界发生了什么。但局势的紧张程度却是一目了然的,以至于人们刚打开收音机就想把它关掉。至于我们家那位大门不出二门不迈、整天阅读《黄色公报》的著名人士，心中的愤怒倒是与日俱增。

在这种混乱的局面下，父亲变得愈发小心谨慎。每天，他神出鬼没地来去，没人知道他是怎么做到让人毫无察觉的。娃娃却前所未有地活泼起来。她不停地为大家煮咖啡，在两户房子间来来回回地穿梭，喜悦之情溢于言表，她很享受成为大家关注的中心。（阿姨啊，您喜欢这个颜色吗？或者是，洗衣机放在这您觉得可以吗？我没打扰到您吧？阿姨您觉得这个怎么样，您喜欢吗？）

某天，我远远地看见她和一个熟悉的身影在一起。耳边随即响起了当年那个女孩熟悉的声音："斯梅尔，又见到卡达莱夫人我真是太高兴了！"

她挽着娃娃的手朝我走来，娃娃垂下了眼帘，一副做错事的样子。

"卡达莱夫人太可爱了，我们在一起聊得很愉快……"

"我知道。"我回答道。

娃娃抬起头，看我有没有生气。

我不仅没生气，甚至还有些愧疚，后悔之前把这个女孩说得那么糟。她很有可能是和某个画家一起来的，要么是这位画家的朋友，要么是他的模特，要么是他的情人,这就是这类女孩的命运,说得残酷点,她们就是过客,不停地在不同的人身边路过。但也可以说她们比一般人幸运,毕竟,画家或诗人在拥卧她们的身躯之前,总会先在油画或诗句里赋予她们生命。

我没时间也不想向她谈及我的想法,只是伸出手,试图捋一捋她耳边的头发。虽然这个动作在我家很常见,但我却不常做。女性,更确切地说是她们那又长又密的秀发,在某些亲密的时候,本身就会散发出这种独特的温柔。

娃娃的新才能并没让我感到意外。一天,我发现她正聚精会神地听皮罗·马尼①讲话。我不知道她能和这个地拉那当红导演聊些什么。只见导演递给她一张纸,不断地用他那男中音般的嗓音向她重复道:"相信我,小妈妈,这绝对是划时代的表演!主要有两个场景:一个是在怪兽、也就是木马的肚子里,另一个在它脚边,拉奥孔和一群人正互相指责。"

我这才明白导演是在跟娃娃解释《怪兽》这出戏,在把手稿寄给编辑之前,我先送交给了他。

"小妈妈,你知道吗,这场争吵将无比宏伟,呀,您来了……我正和您母亲解释我们的演出呢。您不觉得

---

① 皮罗·马尼(1932—),阿尔巴尼亚导演、演员。

她对戏剧有一种特别的感觉吗?"

"嗯,可以这么说。"我回答道,然后转向娃娃,问她理解到了什么。

一开始,她不想回答,但在我的坚持下,她还是嘟哝着说:"唔,很混乱……但如今的人就是这样,他们一天到晚都在吵架。"

接着,我讲了一件与此相关的轶事。娃娃看上去一副事不关己的样子,并没有在听。有人说我的同僚作家德里特洛·阿果里特别擅长与年长的人沟通,和我妈相处得尤为融洽。弟弟却不以为然,他觉得,如果娃娃对什么话题感兴趣,也只是因为她对那方面不理解。

她时常装作没听见。

另一天,一个电影导演对我说:"我认识您母亲……"站在一旁的弟弟差点叫出来:"真不敢相信!"

K.卡什库以在电影中使用大量外语词汇闻名。他是在大马路边的公园长椅上遇到娃娃的。娃娃有时一个人,有时有姐妹陪着,她常坐在那里"观看演出"。

导演告诉我,娃娃不仅对戏剧饶有兴致,对公园对面的达埃蒂酒店也很感兴趣,尤其是有官方接待的时候,总有豪华轿车送来国外贵妇,她是被那种魅力迷住了。

因此,她的姿态也渐渐变得娇媚起来,我隐约记得，曾几何时，娃娃由那个吉卜赛女人维托陪着回巴巴佐家时，也是这副模样，如今算是再现当年的风采。

她对戏剧的喜爱很有可能源自对"美"的追求，自从德国士兵把她的香水偷走后，她在这方面一直很沮丧，如今，戏剧之美终于让她脱离了洋娃娃般死气沉沉的状态，尤其在那些属于她自己的秘密时刻（卡达莱夫人的神秘周四）。①

天气好的时候，她会打扮得漂漂亮亮的，不和任何人打招呼，轻手轻脚地出门，往大马路的方向而去。

假如碰上雨天，她则去另一个地方。若不是某位朋友偶然在那儿遇到她，然后告诉我们，我们永远不会知道她去的到底是哪儿。朋友是在文化宫的大厅遇见娃娃的，当时娃娃正坐在沙发上，观察着楼梯上上下下的人们，有些人是去图书馆，有些人是去三楼的咖啡厅。

当朋友问娃娃是否在等人时，娃娃回答没有，她不过是在给自己的眼睛"抛光"，朋友从未听过这样的表达，也不知道她说的是什么意思。

我怀疑娃娃有时候会悄悄去剧院，但除开朋友提供的这一信息，我没能再找到别的证据。

据分析，娃娃出行的完整线路是：路易格日·古拉

---

① 此处与前文"谜一般的周六"有出入，但原文如此。

库奇大道上的圆柱—文化宫—时钟咖啡馆（父亲每天早晨都在这儿喝咖啡，娃娃绝不想被父亲看见）—再远一点的国家剧院—紧挨着剧院的作家俱乐部（这是我常去的地方，娃娃同样也不想被我撞见）—艺术长廊—达埃蒂酒店。这些地点拼凑出娃娃体验上流社会的地图，每次出行，她都感觉似乎有人尾随，但并不知道跟着的人是父亲，还是我，抑或是她自己的分身……

十一

父亲走到了生命的尽头。他纤瘦的身板依旧挺拔，但死亡确实束缚了他的步伐。丧葬赞歌的响起并不偶然，它只是为了提醒人们，死亡不过是时间的问题。

地下，也许是卡达莱家族唯一一个能够称霸的地方。

自那之后，每当我回想这事，对毕达哥拉斯那模糊的记忆以及一股无形的力量总会一闪而过。感觉像是我刚明白了什么，带我到达此处的思想之翼却突然折断了。

在莫斯科上创作心理研究班课程时，我狠狠地嘲笑了自己的那些满是广告的虚构小说，讲述的内容甚至让同学们也忍不住笑了，他们也认同，由于这些作品的状态本就捉摸不透，因此虽缺乏内容和形式，却具备一个极为突出的优势：显得高深莫测。在这种情况下，没有什么能伤害到它们。

讨论文学在未来的益处时，老师半开玩笑地强调，文学不像音乐,要在十二岁时就谈论文学是不可能的,就算到了十四岁,也还是不可能。

听到这个观点,我有点失落。我本来坚信,文学一定还有什么尚未显现的效用。总之,我认为文学赋予了人们自由,那种只有在梦里才存在的自由。莎士比亚虽早已离去,但他笔下的《麦克白》是如此令我着迷,让我和他之间建立起了一种独特的联系,这都是文学的功劳。

之后,这种魅力日益壮大,以至于我开始将文章段落抄在手上,再后来,我甚至会在脑海中与莎士比亚争论,就像以前和巴尔迪拉·B吵架一样,我感觉我们不仅成了朋友,更亲近得像堂兄弟一样。

我把这些知心话讲给了巴尔迪拉听,他难得地被感动了。

当这位英国作家写的东西让我不满意时,我会变得十分激动,这种倾向以一种无可辩驳的方式证明,我们已经合二为一,我就是他,他就是我。

"合二为一。"巴尔迪拉·B用一种我从未听过的声音重复道。

我心想,等我长大,也就是我变成熟以后,我一定会尽最大的努力去修正他的错误。

"哈姆雷特父亲的幽灵出现的场景是我要改动的第

一个地方,我肯定,如果哈姆雷特的父亲像我父亲一样,他在谈话过程中就不会那么放肆了……这不是尊敬与否的问题,而是他磨灭了恐惧的色彩……比如,我父亲的幽灵出现了,想要告诉我一些事情,假设他想告诉我,娃娃和她的两个哥哥,也就是我的舅舅们趁他睡着时联手杀了他,我和我的朋友霍雷肖,也就是你,一定会用另一种完全不一样的语调和他对话。"

讲到这时,巴尔迪拉·B一言不发,任由情绪蔓延。我们盯着对方看,我等着他提出那个决定性的问题:"你为什么不立即开始改呢?"

我们不惜一切代价想要忘记的事情偏偏在刚才发生了。我极度渴望写出超越常人的作品,于是我拟了一个这样的题目——《这就是胜利》,并为其注入我全部的心血。这本小说与任何其他经人类之手写出的小说都不一样,为了显示这种不同,也为了表明我是不可模仿的,我决定倒着写,也就是从结尾开始写。

巴尔迪拉·B和我分别在不同的地方,他待在半楼的房间等我,那是属于我们的小天地,我则待在会客室,我通常在这里写作。午后,空气中弥漫着热浪,我的父亲正在隔壁房间睡午觉。我一写完,便立刻跑下楼,手里紧紧地攥着纸稿,那上面写着:合作社的田野在太阳的照耀下闪着金光,农民们满脸幸福,正聚精会神地听收租官讲话,只见那人抬起胳膊,指向周围的草地,大声说:"这就是胜利!"

台阶在脚下嘎吱作响,我看上去有些无精打采,也许是因为疲倦,不过更有可能是因为巴尔迪拉·B的目光。

"你写好了?"他问道。

"什么?"

"哎……那个杀……(人的段落)"

"嗯。"我点点头。

"你脸色发白。"

"怎么能够有变局呢?"我心里想。

我把写好的纸稿递给他。

"你不能告诉别人这是我写的。"

门边突然响起一阵声音。

我俩吓得直哆嗦。

"我爸差点醒了。"我低声说道。

"醒醒,邓肯……把我父亲叫醒……"

巴尔迪拉·B开始读了,他看上去不敢相信自己的眼睛。

"我不知道该向你说些什么,"我坦白道,"我脑袋里想的和我写出来的东西不一样。"

他把纸稿还我时,手不住地抖动,我的手也一样。

那阵声音又响了。

"我找不到我需要的语言……"我说着,快要哭了。

我已经胡言乱语了,根本表达不出内心的想法,嘴上说的完全是别的意思,舌头就是不听使唤。

那可能是我第一次感受到什么叫作无形的力量。

为了相信无形之力比有形之力要强大得多,我们日复一日地处在半癫狂的状态中,上演着同样的戏码。

过了几天,我看见巴尔迪拉气喘吁吁地朝我跑来。一般有什么重要的消息要告诉我时,他就会这样。他告诉我说,他在一本书里看到,在某个地方有另一个世界或另一个星球,那里也有人类,和地球上一样,唯一的区别就是,那儿最了不起的诗人不是像荷马那样的人,而是一名默默无闻的裁缝,一句诗也写不出来。

我正想问他从哪儿传来的这种无稽之谈,他却抢先一步继续说:"乍一听这个故事的确蠢得要命,不可能有人当真,而且和我们也毫无关系……"

我缓了一会儿才明白,在他说的另一个世界里,一切都是颠倒的,与有没有能力写作不同,那儿的人们写出来的东西并没有什么意义,换句话说……

换句话说,就像我们写的这些……名不见经传的小说一样……

"这些可怕的小说不会有的。"我心想，还感到有些骄傲。

"那荷马呢？"我问道，"存在于我们这个世界的真实的荷马，也在那个世界出现了吗？还是说他已经完全过时了？"

"他在那儿，我记得是排名第十一。"

"真的是那个荷马吗？"

"就是他，那个写了《伊利亚特》和其他作品的荷马。"

由于害怕听到其他令人不快的信息，我不敢问他莎士比亚在那个世界的情况，但巴尔迪拉似乎知道我在想什么，他说："至于我们的莎士比亚嘛……"我屏住呼吸，感觉心跳都变慢了。

"莎士比亚怎么样？"我问时声音快没有了。

"世界第一剧作家的名号被一个傻子抢走了，那个傻子没写过一出剧就算了，他甚至根本不识字……就这样，威廉好不容易才保住了第七名的位置。"

我安慰自己，心想不算太坏，毕竟巴尔迪拉说"甚至"的时候，我已经坐立不安了。

"这还不够，威廉还有另一个烦恼：虽然人们接受了他的戏剧，但却怀疑他这个人并不存在。"

"意思是有戏剧，但没有他这个人？"

"对，戏剧还是那些戏剧，但有可能不是他写的。"

过了一会儿，困惑不已的我们极其渴望做出决断：作品消失和作者消失，究竟哪一种情况更严重？

我完全摸不着头脑。

"这本讨厌的小说是谁写的？"我故作从容地问道。

"某个叫马克的人写的，"巴尔迪拉·B回答说，"全名要么是马克·吐温……要么是葛杰克·马克……"

我们忍不住想要抨击他，却又不敢。这位来自美国的马克的离奇创作，和我们一直以来担心的现象实在是太相似了：真正的杰作都是从……毫无章法的写作风格中获得的力量！

不过，我的小说难道不是一样的吗？人们只能读到广告，那些广告把小说变成了告示，小说本身却被埋在了地下。也难怪人们喜欢把这些小说称为魔鬼，因为他们从来不会被看见，也不可能被看见。这是否就是用来展现非比寻常的事物的固定表达法？

我们是如此激动，不重提莎士比亚是不可能的。他的问题和我们的问题表面上不一样，实际上却是相通的。

我们努力尝试从头开始分析：一边是莎士比亚，一边是他的剧作。可世上没有足够的空间容纳这两者。所以不得不二选一：莎士比亚，或者他的戏剧。

这个问题再一次绕晕了我。我们虽然没有完全找到真相，但感觉已经离真相不远了：声名远播，但没有作品……或者作品传世，但自己不存在……换句话说也就是，活着，但不被赏识，或者闻名于世，但没有生命。

最终，我们似乎解开了这个谜团：无论如何，我们绝不想打破与坟墓之间的契约，因为某些地面上无法实现的事情，只有在坟墓中才被允许。

我的小说构成了一种反常，因为它们是在非文学准许期出版的。有点类似禁止向未成年人出售酒水。这就是为什么它们一直存在于底层，存在于内心深处，停留在构想和文字之间，永远地被封存，且肉眼不可见。我被说服了，确信它们只要出现，就会立刻解体，像是遭到雷击似的。

就在我父亲离开我们，去了一个他认为可能更适合他的世界时，我猛地想起了巴尔迪拉·B，这应该不是巧合。

"他现在怎么样？"每次回忆起他时我总会这么想，"为什么他再也没有出现过？"

十月二十三日那天，有两三次我都感觉，他会突然出现在他开的那辆出租车（一辆看上去像老驽马的出租车）旁，对我说："来吧，我带你去把海伦娜劫持回来，你想干什么我都陪你，像以前一样，什么都可以！"

父亲的葬礼上我也想到了他，他说："开心的时刻我不在场，但这么悲伤的时候，我不能缺席……"他的出租车停在街道的低处，等着把我父亲送到他该去的地方。

如果有一天他要送的是我，也没什么好惊讶的。

至于现实中他的情况如何，他并没有跟我多说。我又往发罗拉给他寄了封信——没有回音。"也许他过得很煎熬，"我心想……"或者更糟，也许他已经去世了……"

我的脑海中不止一次浮现过这样的想法。"如果真是这样，肯定会有消息的。"我安慰自己，"除非……除非他本身从来就没有存在过……"

我愣了一会儿，然后摇了摇头，像是要摆脱这恐怖的念头。但它始终折磨着我。我上次回故乡，是和一个建筑师朋友一起，我们走上疯人路时，我不自觉地停在了左手边第三户门前。那儿原先是巴尔迪拉·B的家，可奇怪的是，现在看上去和以前完全不像了。陪着我的建筑师朋友想推开门，但我用一种不像我自己的声音，几乎是吼着冲他喊道："不要！"

父亲刚入土，娃娃看上去像丢了魂。需要过一段时间，家里才会恢复平衡。一天晚上，朋友间的聚餐结束后，其中一人表达了这样的一个观点：与长时间保存着逝者记忆的老房子不同，线条简洁流畅的现代公寓，像是为了不阻碍人们离开特意设计而成的。

在这种情况下，人们总会忆起不少往事。但这些回忆中，有很多是相互矛盾的。大部分人把回忆当作一件严肃的事情，其他人则相反，他们坚持记忆也有其幽默的一面。两大阵营常常突然转向我，让我揭示其中的奥秘。

似乎不太可能去解释，尤其当谈话间接地转移到父子关系上面时。关于父亲，也许我唯一记得的是，意识到很难明白暴政究竟是真真切切的，还是我们塑造出来的。屈从的情况也一样。总之，在某种意义上，人们可以是暴君的奴隶，就如同他是我们的奴隶一样。

良知审查的阶段悄然结束。姐姐卡库的订婚仪式和弟弟的婚礼相继顺利举行。在弟弟的婚礼中，人们为即将到来的仪式准备婚礼蛋糕时，突然想到了那个用来做杏仁蜜糖千层糕的大铜盘，对于当年的过错，我心中又生出些揣测。（那天晚上，在克尔曲拉谷，弟弟在半挂车上蜷在鸭绒压脚被上打盹，大铜盘掉落时，他真的一点都没注意到吗？还是恰恰相反，他看到了，只是什么都没有做？）

渐渐地，那些伤害娃娃的带刺的话又开始传了：我在巴黎开新书发布会时，会带娃娃一起去吗？这样的玩笑在另一个版本里更不怀好意：人们让她以为我会带海伦娜的姨母去。

女孩们笑得很大声，娃娃也强迫自己模仿她们放声大笑。笑容似乎让她越来越放松了。

这是娃娃在人世间最后的笑容。

这样的说法让人一下就联想到死亡。

真相却比死亡还要悲痛。

一九九〇年十月二十四日，夜晚刚降临的时候，电话响了，一个陌生的声音从话筒里传来：去听广播！

广播里谈论着我和海伦娜离开阿尔巴尼亚的事情，还有我给总统写的信，对自由选举的呼吁。而国家的回复是：宣布我叛国。

在我们离开期间，娃娃和卡库住在我们位于德巴尔街上的公寓里，她们也接到了这通电话。

两人吓呆了，在越来越浓的夜色中瑟瑟发抖。她们不敢开灯。电话再一次响起，但这次，话筒那头没人说话。过了一会儿，又有电话打进来，她们重新拿起听筒后，发现线路已经被切断了。娃娃和卡库想起还有唯一一件事情可受她们控制，于是哭了起来。或是一起哭，或是一个接一个地哭。

片刻过后，有人敲门。

门口出现了两个人。是安全员！接着又来了两个搬着金属箱的人。

事后，娃娃并不记得听到过"搜查"这个词，姐姐同样不记得。

其中一个人，身材瘦削，神色凶恶，在"工作间"和公寓的其他地方目中无人地走来走去。其他人走到两个书柜那里。

娃娃远远地听见他们和卡库在交谈什么。

"他们说了什么？"卡库路过时，娃娃问道，但她没有得到回答。

搜查者打开了第一个书柜的两扇门。娃娃不敢相信自己的眼睛：他们把书柜里的文件都翻了出来，那里面还有我的手稿！她早已想到任何事情都有可能出现，唯独没想过会眼睁睁地看到这一幕发生。之后她曾对我说，虽然她设想过我被戴上手铐，被强制逮捕，但从没想过我写的东西会受如此待遇，她一直觉得它们是不可触碰的。我问她这种感觉从何而来，她却不知道怎么跟我说。在她看来，那些作品充斥着一股神秘的力量，毕竟大家普遍认为，是它们让我在好些年里丧失了理智。现在，它们被揭穿了，在一只只手中传递着，最后堆在金属箱里。

"那你没想过它们现在离开家，也许会将噩运、危险什么的带走吗?""我不知道,"她不假思索地说,"可能吧……"她的目光在表达些什么,里面透着内疚,内疚自己不能理解这样那样的事情。这在某些人看来是一种障碍,在另一些人看来却是上天的一种恩赐。

在此期间,金属箱被一个接一个地锁上。那个瘦削的男人,很明显是长官,正监督着每一道程序。

娃娃感到眼下发生的事情变得越来越难以理解。她的不安似乎是由手稿本身引起的,在不祥的喧闹中,这种焦虑绕着她转来转去。

娃娃始终没能从迷雾中走出来,于是她走向那个神色凶恶的人,魂不附体地问他:"你要把我抓进监狱吗?"

对方奇怪地瞟了她一眼。

"我的确是检察官,"他小声回答道,"但别害怕,小妈妈。"

迷雾更浓了,一种噩梦的气氛罩住了全家。卡库突然从卧室出来,手上还拿着把枪,像电影情节一般,导致娃娃认为她要开枪,几乎尖叫着喊道:"疯子,你干什么?"

然而,一个搜查者不慌不忙地夺过了武器,仔细地检查起来。

"这不是我们知道的那把,"他说,"这把没有许可证,得找到另一把有许可证的。"

卡库呆呆地站在那。这一切都那么不可思议。

"不要让我坐牢,我生病了,"娃娃向检察官哀求道,"更何况我视力还不好。"

检察官用同样苦恼的语气向娃娃重复了同样的话。卡库又出现了,手里拿着另一把枪,娃娃又叫着说:"你干什么呢,疯子?要是搜查官没拿稳……""它在白色的书柜里,"卡库解释道,"在德·拉达①作品全集后面,我掸掉灰尘看到了它。"

查看了一会儿,搜查官说:"就是这个。"

金属箱几乎被装满了。搜查者静静地把它们一个一个搬下楼。脸色阴沉的检察官走在最后。走到门口时,他双臂环绕住娃娃的肩膀,悄悄在她耳边说:"不要哭,小妈妈……"

这个场景一直纠缠着我。许多年来,我的思绪常常带我回到德巴尔街那个阴暗的公寓,在那里,娃娃和卡库两人孤零零的,又开始哭泣,她们泪流满面,像是在参加一场葬礼。

---

① 杰洛尼姆·德·拉达(1814—1903),阿尔巴尼亚作家。

十二

飞行途中,在所有那些纠缠着我的景象中,娃娃和卡库泪流满面的情景最令我难以承受。一九九二年三月我第一次回去时,那痛苦的感受也印证了这一点。娃娃沉默地坐在沙发上,法国电视台的一位记者正在采访她。"高兴一点吧,"有人对娃娃说,"好事不怕多磨。"

她试着开心一点,但却是白费功夫,她做不到。每当面对晦涩难懂的事情时,她的眼神中就透露着相同的自责。唯一不同的是,喜悦让她更费力。

"好的,好的,"间隔了一小会儿后她回答道,"我是幸福的……是我的眼睛不太灵光了。"

我们之间的最后一次对话发生在我出发去巴黎的前几天。她意味深长的目光很想问在这种情况下大部分母亲都会问的问题:你会在我活着时回来吗?

她久久地凝视着我,最终松口说了出来,这个问题比我设想的任何问题都更让我震惊。

"什么?"我对她说,像是听错了似的。

但她把同样的问题重复了一遍。

"你现在是法国人了?"

在那之后,每一次我想起这个问题时,不仅没有感到适应,从我的角度看反而觉得娃娃不像真实存在。她既能被看透,又让人难以理解,永远天真,没有年龄,总让我措手不及。简而言之,这完全就是她的风格,似懂非懂,有生命又无生命。

这大概就是我觉得只有现在才能回答她那个问题的原因,我看着她躺在棺材里,脸色苍白,脸颊两边各有一抹红晕——一个躺在玩具盒里的真娃娃。

我看着她,感觉她已经为这一刻准备了许多年。她化了点妆,像是最后一次演出,但她的特点依旧,正如她那个问题的核心——换掉母亲,即使"母亲"一词从今往后可以同"法国"或"阿尔巴尼亚"混淆起来。

我想先答复她,也给自己一个答复——然后给能够审判我们的第三审判决一个回答,如同从前我的父亲在他出名的诉讼案件中那样。

我很想让她知道,她再也不能抱怨人们对她缺少关注了。作为逝者,她现在是人们关注的中心,在那些传授给世界各地无数学生的古代戏剧中,逝者可是第一角色。

其他人都步入轨道,只围着她转,像地拉那剧院上演的戏剧一样，也许前不久她还悄悄去过那儿，没想到有一天轮到自己登上舞台，出演这部有着三千年历史的古老剧目。

大家都来了。他们全是上流社会的人，一个比一个重要，不论是你的好友还是陌生人，看上去都十分悲伤。在几乎无声无息的气氛中。有些人戴着黑色的博尔萨利诺帽。有些人甚至讲着外语。

这些都是国家剧院的演员，你多么喜爱他们那洪亮的嗓音啊，但现在他们都为你把声音压得低低的。因为他们知道你要去城西的公墓与你的丈夫会合，就像那个遥远的一九三三年，你刚嫁到他家，成为一名年轻的妻子。他也一如从前，将在那儿迎接你，对你说："你来啦，娃娃？"

在这最后的时刻，我本想试图回避那些你难以领会的事情，比如我们出生的那个深夜，或者是，我们都要走向的那个深夜。

至少，在这些时刻，我多想再一次向你保证，我们两人之间的误解不仅对我没有任何的妨碍，反而比一切谅解对我更身心有益。因为，正如我曾经好多次试图跟你解释的那样，于个体而言，天赋的问题往往由它的对立面表现出来：因为缺少一样东西比起多出一样东西的情况更常见。

我又想起了那位俄国诗人,想起了在拉波尔德街三十二号度过的那个寒冷的巴黎之夜。那天晚上,他强忍着泪水向我讲述,他最后一次去莫斯科旅行期间,走在街上时,被一个女人吐了唾沫……就这样……无缘无故……没有任何理由……晚上,在街上……一位披着披肩的女人……就是人们一般想到的俄罗斯母亲的样子……在十一月的霜冻中……这位诗人,他很想问那个女人……"为什么……""我做了什么让你朝我吐口水?"而那个女人,眼睛直直地盯着他……气势汹汹……莫名其妙……什么也没说。

十三

　　我一直觉得娃娃的形象还缺少了些什么，但一个从吉诺卡斯特打来的电话突然驱散了这种感觉，打电话的人是我的建筑师朋友，他正负责翻新我家的旧宅，他告诉我他刚刚发现了一个秘密通道。

　　我像是为这个消息准备好了似的，搜肠刮肚地寻找表示兴奋的词，不想让对方感到失望。

　　他昨天下午打来电话，兴冲冲地说："我们在清理房子东侧的时候，突然……你明白吗？所有人都惊呆了……真的是目瞪口呆……你明白吗？"

　　"明白，明白，"我有些怀疑地回答道，因为归根结底，人们并不知道要怎样为这样的发现感到激动，而且很少有人能想象，自己人生头十七年住的房子里可能有秘密通道，更别说是从负责翻新工程的建筑师那儿得知的，对方还不断惊呼，不断问："你明白吗？"

　　他越说越起劲，而我依旧在寻找稚气的表达来回应他的热情，于是我问了一个最没有意义的问题："这条通道是用作入口还是出口？"

"什么？"电话那头的人差点被我的话噎住，"入口还是出口？唔，奇怪的问题……""真的很奇怪。"他又重复了一遍。

俏皮话刚说出口我就后悔了，因此我又对他说，也许它既当入口也当出口，这时，我感到他心中产生了一丝忧虑，挂电话时，忧虑的情绪转而向我袭来。

这忧虑不寻常，因为……很少……真的很少……有人试图分析一座房子的秘密入口或出口对他来说是吉兆还是凶兆。

通话结束后，我再也无法摆脱忧虑的笼罩，更别说莫名的恐慌了。

一个秘密入口……甚至是出口……能有什么令人不安的呢？

可是，深深的焦虑就是缠绕着我不放。

旧宅坍塌之前，我就认识这位建筑师了。

"我也是疯人街的。"他对我说，脸上那会心的微笑和愉快的神情仿佛是在说我们都来自牛津大学。

这件事让我们乐了很长一段时间，之后每每提起第一次相遇的情景，两人总是忍不住笑一会儿。我们来自同一条著名的街道，这无疑有助于我们更融洽地相处。

事实也确实是这样。直到那天，像是上帝的一个恶作剧，整座旧宅都烧了起来，彻底地变成了废墟。

于是这位建筑师被委托负责重建，一切都没有改变："牛津文凭"带来的默契依然在，这种默契表现为我们俩总是不约而同地说出同样的词，而且整个过程十分自然。

当我们在废墟堆第一次见面时，我有可能显得十分吃惊，为了回应我，他用了我恰好也想到了的词："这简直像一场轰炸，你不觉得吗？"

"千真万确。"我回答道。他向我解释说，和世界上其他地方的房子不同，吉诺卡斯特的房子发生火灾后完全就像遭到了轰炸。但这并不能用来解释让大家震惊的事情：被破坏的墙体厚度已经接近城堡墙体的厚度了。

他接着解释说，我家的房子遭受了一次相当严重的撞击，程度堪比英军轰炸机扔下两枚大型炸弹。撞击的原因在于屋顶，我家的屋顶和城里其他房子的屋顶一样，是由厚厚的平石板构成的，当支撑屋顶的横梁被烧毁后，平石板便突然重重地砸了下来，将房子彻底毁坏了。

也就是说，可以认为是卡达莱家的房子被自己的屋顶轰炸了——再换句话说，它是自行毁灭了。

奇怪的是，这段对话让我有种似曾相识的感觉，像是记忆中的一九四〇年，险恶的英国空军飞行小队在城市上空不停地盘旋。

那时没有发生的事情在之后的一九九九年发生了。旧宅坍塌的时候，北大西洋公约组织的飞机正陆续飞过亚得里亚海，轰炸塞尔维亚。关于旧宅，"毁坏"和"轰炸"在我的概念中一直以来都被混淆了，以至于我出现了幻想，而且并不觉得荒谬。我幻想英军有一架轰炸机脱离了原本的队伍，突然出现在我儿时生活的城市吉诺卡斯特的上空，找到我家的房子，最终投下了两枚期待已久的炸弹。

坏事常常发生，然而有时候结果反而是好的，就像这次灾难让人们发现了旧宅的秘密通道，而它原本很有可能永远都只是传说。

人们推测，秘密通道不只是通道那么简单，它可能比任何秘密都要隐藏得更好。我甚至觉得它像是能破解一切谜团的密码，就连娃娃的未解之谜也包括在内。

这些都是在我和海伦娜去吉诺卡斯特的路上想到的。建筑师坚持要海伦娜也来，现场的朋友们给她准备了一个惊喜……

这个惊喜究竟会是什么，我还真的没去想。因为在我看来，整个事情就是一个惊喜，从房屋开始，它同样既是惊喜又不完全是惊喜。

和人类不同,这栋房子从此获得了第二次生命,这样的想法本身就足以引起混乱。房间、走廊、楼梯、雕琢过的天花板都拥有了第二次生命,就连那些从未真正成为过房间的非房间都有权利享有第二次生命,即使它们根本没有体验过第一次。

我尽力让自己不去想这些乱七八糟的事情,它们比毕达哥拉斯和柏拉图的奥义加起来还要晦涩难懂。

然而,它们始终阴魂不散地缠着我,直到我和海伦娜抵达旧所西门,被一群等着我们的朋友簇拥起来。建筑师推开门,我们一起拥进第一个门厅,门厅的尽头有另一扇门通向第二个门厅,房子内部的楼梯就在第二个门厅里,第三扇门朝向东院,靠近外部的楼梯。

我们顺着依旧没有护栏的石梯上楼。我注意到同行的朋友们互相默契地使着眼色,像是串通好了什么秘密,一直确保海伦娜走在最前面。我突然想起了建筑师说过的那个惊喜,但由于忙着参观翻新后的房子,我一下又把它忘在脑后了。

海伦娜带着前面的队伍率先爬完了最后几级台阶,欢笑声渐渐减弱后,在一片和谐的静默中,一群男人突然高声唱起了一首古老的歌谣。

后面的人们纷纷加快步子,想要一探究竟。大家被眼前的表演惊到了：在这层楼宽阔的走廊上，一排穿着传统男式短裙的男人一本正经地围成一个半圆，放开喉咙唱着一首古老的婚礼颂歌。

海伦娜站在他们面前，僵住了，像是中计了一般。

人们为她而唱。这是一首在吉诺卡斯特十分有名的歌，也许是所有婚礼颂歌中最古老的，这次，海伦娜变成了歌里的新娘。

> 年轻的新娘啊，
>
> 你双脚踏入之地，
>
> 你的蛀齿将掉入那里……

换一种说法就是：年轻的新娘，你现在进入的地方，就是你一直活到老的地方。

阴郁而先知的歌唱者们，目光敏锐，目不转睛地看着海伦娜。

虽然晚了这么多年，她最终还是到达了目的地。已经来不及躲避了，更来不及纠正这一切。人们忘了客套，直接对她说：你再也别想离开这里。

这是一场误会，一种穿越时间的婚礼的幻觉。新娘不是女仆，她一定很想叫喊："够了！请停下这危险的表演!"

然而，海伦娜的面庞显示出一种别样的宽恕，以至于让人以为，她想要驯化这座房子似的。

周围的一切都不可理解，且危机重重。

我需要解释，这栋房子已经不是从前的那栋了，对于已经在别处结婚的女性，这栋房子再也不能行使任何权利。

我本来还想申明另一件事，关于旧宅移转新宅的债权（天知道如何移转），这归因于无尽的等待和荒谬的怨恨。可就在这时，歌声戛然而止，正如开始般突然，又像瞬间断了气。

人群匆忙地下楼，正如他们上楼时那样，仿佛要逃离一个变得有敌意的区域。在一片混乱中，我终于抓住了海伦娜的手，她依然没有反应过来，我对她说"小心！"，便与她在半恐半慌中，奔下那没有栏杆的楼梯。

我们跑在最后，朝着出口的方向，一路寻思着从那个秘密通道逃走会不会更好。可我发现，我不仅不知道秘密通道的位置，而且连建筑师的踪影我也跑丢了，这一切恰似昔日谜团迎来新的延续。

巴黎

二〇一三年四月

"蓝色东欧"译丛（部分书目）

第 一 辑

- 《石头城纪事》（小说）
  【阿尔巴尼亚】伊斯梅尔·卡达莱 著　　李玉民 译

- 《错宴》（小说）
  【阿尔巴尼亚】伊斯梅尔·卡达莱 著　　余中先 译

- 《谁带回了杜伦迪娜》（小说）
  【阿尔巴尼亚】伊斯梅尔·卡达莱 著　　邹琰 译

- 《石头世界》（小说）
  【波兰】塔杜施·博罗夫斯基 著　　杨德友 译

- 《权力之图的绘制者》（小说）
  【罗马尼亚】加布里埃尔·基富 著　　林亭、周关超 译

- 《罗马尼亚当代抒情诗选》（诗歌）
  【罗马尼亚】卢齐安·布拉加等 著　　高兴 译

第二辑

- 《我的疯狂世纪（第一部）》（传记）
  【捷克】伊凡·克里玛 著　刘宏 译

- 《我的疯狂世纪（第二部）》（传记）
  【捷克】伊凡·克里玛 著　袁观 译

- 《我的金饭碗》（小说）
  【捷克】伊凡·克里玛 著　刘星灿 译

- 《一日情人》（小说）
  【捷克】伊凡·克里玛 著　高兴、杜常婧 译

- 《终极亲密》（小说）
  【捷克】伊凡·克里玛 著　徐伟珠 译

- 《等待黑暗，等待光明》（小说）
  【捷克】伊凡·克里玛 著　杜常婧 译

- 《没有圣人，没有天使》（小说）
  【捷克】伊凡·克里玛 著　朱力安 译

- 《花园里的野蛮人》（散文）
  【波兰】兹比格涅夫·赫贝特 著　张振辉 译

- 《带马嚼子的静物画》（散文）
  【波兰】兹比格涅夫·赫贝特 著　易丽君 译

- 《海上迷宫》（散文）
  【波兰】兹比格涅夫·赫贝特 著　赵刚 译

- 《父辈书》（小说）
  【匈牙利】瓦莫什·米克罗什 著　许健 译

第 三 辑

- 《乌尔罗地》（散文）
  【波兰】切斯瓦夫·米沃什 著　韩新忠、闫文驰 译

- 《路边狗》（散文）
  【波兰】切斯瓦夫·米沃什 著　赵玮婷 译

- 《第二空间——米沃什诗选》（诗歌）
  【波兰】切斯瓦夫·米沃什 著　周伟驰 译

- 《无止境——扎加耶夫斯基诗选》（诗歌）
  【波兰】亚当·扎加耶夫斯基 著　李以亮 译

- 《捍卫热情》（散文）
  【波兰】亚当·扎加耶夫斯基 著　李以亮 译

- 《索拉里斯星》（小说）
  【波兰】斯塔尼斯瓦夫·莱姆 著　赵刚 译

- 《遗忘的梦境——查特·盖佐短篇小说精选》（小说）
  【匈牙利】查特·盖佐 著　舒荪乐 译

- 《流星——卡雷尔·恰佩克哲理小说三部曲》（小说）
  【捷克】卡雷尔·恰佩克 著　舒荪乐、蒋文惠、程淑娟 译

- 《神殿的基石——布拉加箴言录》（箴言）
  【罗马尼亚】卢齐安·布拉加 著　陆象淦 译

- 《十亿个流浪汉，或者虚无——托马斯·萨拉蒙诗选》（诗歌）
  【斯洛文尼亚】托马斯·萨拉蒙 著　高兴 译

第四辑

- **《耻辱龛》**（小说）
  【阿尔巴尼亚】伊斯梅尔·卡达莱 著　　吴天楚 译

- **《三孔桥》**（小说）
  【阿尔巴尼亚】伊斯梅尔·卡达莱 著　　施雪莹 译

- **《接班人》**（小说）
  【阿尔巴尼亚】伊斯梅尔·卡达莱 著　　李玉民 译

- **《绝对恐惧：致杜卞卡》**（小说）
  【捷克】博胡米尔·赫拉巴尔 著　　李晖 译

- **《严密监视的列车》**（小说）
  【捷克】博胡米尔·赫拉巴尔 著　　徐伟珠 译

- **《雪绒花的庆典》**（小说）
  【捷克】博胡米尔·赫拉巴尔 著　　徐伟珠 译

- **《温柔的野蛮人》**（小说）
  【捷克】博胡米尔·赫拉巴尔 著　　彭小航 译

- **《无常的夏天》**（小说）
  【捷克】弗拉迪斯拉夫·万楚拉 著　　张陟 译

- **《赫贝特诗集（上、下）》**（诗歌）
  【波兰】兹比格涅夫·赫贝特 著　　赵刚 译

- **《垃圾日》**（小说）
  【匈牙利】马利亚什·贝拉 著　　余泽民 译

第五辑

- 《壁画》（小说）
  【匈牙利】萨博·玛格达 著　舒荪乐 译

- 《鹿》（小说）
  【匈牙利】萨博·玛格达 著　余泽民 译

- 《两座城市：论流亡、历史和想象力》（散文）
  【波兰】亚当·扎加耶夫斯基 著　李以亮 译

- 《另一种美》（散文）
  【波兰】亚当·扎加耶夫斯基 著　李以亮 译

- 《思想的黄昏》（随笔）
  【罗马尼亚】埃米尔·齐奥朗 著　陆象淦 译

- 《着魔的指南》（随笔）
  【罗马尼亚】埃米尔·齐奥朗 著　陆象淦 译

- 《乌村幻影》（小说）
  【罗马尼亚】欧金·乌力卡罗 著　陆象淦 译

- 《裸浴场上的交响音乐会——罗马尼亚20世纪小说精选》（小说）
  【罗马尼亚】诺曼·马内阿等 著　高兴等 译

- 《我行走在你身体的荒漠——立陶宛新生代诗选》（诗歌）
  【立陶宛】阿纳斯·艾利索思卡斯等 著　叶丽贤 译

- 《魔鬼作坊》（小说）
  【捷克】雅辛·托波尔 著　李晖 译

第六辑

- **《简短，但完整的故事》**（小说）
  【波兰】斯瓦沃米尔·姆罗热克 著　茅银辉、方晨 译

- **《三个较长的故事》**（小说）
  【波兰】斯瓦沃米尔·姆罗热克 著　茅银辉、林歆、张慧玲 译

- **《挑衅以及其他故事》**（小说）
  【阿尔巴尼亚】伊斯梅尔·卡达莱 著　李焰明 译

- **《娃娃》**（小说）
  【阿尔巴尼亚】伊斯梅尔·卡达莱 著　张雯琴、宋学智 译

- **《天堂超市》**（小说）
  【匈牙利】马利亚什·贝拉 著　余泽民 译

- **《秘密生活》**（小说）
  【匈牙利】马利亚什·贝拉 著　余泽民 译

- **《蓝色阁楼寻梦》**（小说）
  【罗马尼亚】阿德里亚娜·毕特尔 著　陆象淦 译

- **《两天的世界》**（小说）
  【罗马尼亚】乔治·伯勒伊泽 著　董希骁、Mara Arion 译

- **《生活边缘的女孩》**（小说）
  【罗马尼亚】米尔恰·格尔特雷斯库 著
  张志鹏、林慧芬、陈进、李昕、高兴 译

- **《希特勒金钱》**（小说）
  【捷克】拉德卡·德内玛尔科娃 著　姜蔚茜 译

· 部分书名为暂定，以出版时为准 ·